티라노 두 번 독서

7인의 작가들 詩소설집 뜻밖의 의지

詩
人
表
說

시詩소설小說인人가家소설小說시詩인가人家

人이장욱家「지혜와 거리두기」詩小說시소설

發表作발표작詩集시집『동물입니다 무엇일까요』(현대문학, 2018)

小說集소설집『트로츠키와 야생란』(창비, 2022)발표작發表作

"그렇게 생각하는 것으로

모든 게 좋았다고"

A

죽은 친구에게서 자꾸 전화가 와요.
그 친구의 이름은 지혜였는데요,

지혜는 지혜 자신이
당근처럼 양파처럼 싫었는데요,
당근처럼 양파처럼 싫다는 것은 그것을
입에 넣고 우물우물 씹으면서도 계속
생각을 하게 된다는 것인데요, 생각을
너무 많이 해서 아무것도
알 수 없게 된다는 것인데요.

그것이 지혜의 재능이고
지혜의 일생이고
지혜의 불행이었는데요, 사실 생각은
몸에도 좋지 않다.

B

열 살이 되고 스무 살이 되고 서른 살이 된 후에도 지혜는
엉뚱한 말을 하는 버릇이 있었죠.
낮에도 밤에도 누구를 만나도 그곳이 어디어도 지혜는
지혜로워지지 마세요!
라고 말했는데 그건 물론

지혜가 지혜였기 때문에 가능한 농담
아무래도 우습지 않은 농담
아무도 농담이라고 생각하지 않는 농담

사람들은 지혜가 참으로 현명하고 용감하고 또
아름다운 사람이라는 것을 알고 있었지만
적어도 나는 그것을
알고는 있었지만

Γ

나에게 지혜는 비 내리는 사람
나에게 지혜는 자정 같은 정오에 가까운 사람
나에게 지혜는 식물들이 자라는 모양을
하루하루 닮아 가는 사람

지혜는 세계대전에 참전한 병사처럼 자꾸
자신을 의심하는 사람
밤의 고독에 시달리지 않으려고
낮에 땀 흘려 일하는 사람
언제나 수면제가 필요하지만
그래도 수면제 같은 건 끝내
거절하는 사람

Δ

나는 길을 걸어가다가
지혜를 만난 적이 있었네.
지혜는 우산을 쓰고 있었고
나는 고개를 살짝 기울이며 이봐요,
안녕, 날씨가 참 좋아요,
라고 말한 뒤에 하늘을 바라보았지.

그리고 천천히 고개를 돌려서 또
지혜가 쓰고 있는 우산을 바라보았네.
크고 검은 지혜의 우산을.

나는 그것이 환하고 푸른 날에 대한
지혜의 결론이라고
그것이 우리의 외롭고 아득한 일상에 대한
지혜의 예의라고
적어도 그것이 나에 대한 연민은 아니라고
생각했지만

내가 옳은가?
지혜는 조용한 표정으로 나를 바라보며
안녕,
오늘은 날씨가 참 좋아요,
라고 말한 뒤에 하늘을 바라보았다.
지혜가 바라보는 하늘에서 어두운 구름이
어두운 구름에서 빗방울이
빗방울에서 또 다른 빗방울들이
조금씩 무거워지는 대기를 통과하여
떨어지기 시작했네.

나는 가만히 하늘을 바라보며 생각했지.

오늘의 날씨는 나에 대한 연민인가?
지혜에 대한 연민인가?
나는 그런 것을 생각하며
비 내리는 거리에서 인사를
지혜에게 인사를

E

지혜는 지혜를 삼인칭으로 말하고
("그녀는 참 바보 같아요.")
지혜는 지혜를 다른 사람이라고 생각하고
("그녀는 가끔 나 같아요.")
지혜는 지혜를 자신의 친구라고
("그녀를 소개시켜 줄게요!")
말했기 때문에

나는 지혜와 인사를 할 때마다
지혜는 지혜가 아니라 지혜를 닮은 사람일 뿐일까.
나는 삼인칭의 지혜에게 인사하고
지혜가 아닌 다른 지혜와 친해지고
지혜가 친구라고 부르는 지혜와
드디어 절친이 되는 것일까.

그런 의문 속에서 물끄러미 나는
지혜를 좋아하게 되는 것일까.
나는 오늘도 또
그런 생각을

Z

사실 사람들은 모두들 조금씩 다르잖아요,
사실 사람들은 모두들 조금씩 닮았잖아요,
사실 사람들은 모두들 조금씩
자기 자신이 아니잖아요,
라고 지혜는 말했지.

지혜는 자신이 지혜가 아니라
지혜를 닮은 사람이라고 해도 그것이
슬픈 일은 아니라고 말했지.
그런 말을 하는 지혜는
늘 간곡한 사람의 표정으로
안타까워하는 사람의 표정으로

나는 고개를 열심히 끄덕이며 동의를 표했네.
자신이 자신을 이상하게 느끼는 건 괜찮아요.
하지만 이상하게 느끼다가 정말

타인이 되어 버리는 건
괜찮지 않아요.
그건 공포영화의 클리셰이고
호러 장르의 코드라고
나는 농담을 했는데
농담이 아니어서 마음이 아픈
그런 농담을 했는데

지혜는 언제나
지혜를 오해하는 방식으로만 지혜를
이해하는 사람
차갑고 격렬하게 이해하는 사람

H

오늘도 나는 지혜의 전화를 기다렸네.
오지 않는 전화를 기다렸네.
오지 않다가 오는
지혜의 전화를

아마도 지혜의 연락은
오다가 문득 오지 않겠지만
오지 않다가 또 영영

사라지겠지만

나도 알고는 있었지.
모든 것이라는 건 아무것도 아닌 것과 같고
영원이라는 건 존재하지 않는 것의
다른 이름이라는 것

그래서 나는 중얼거렸네.
당신이 내 앞에서 조금씩 사라지는 중이 아니라면 그것은
사랑이 아니다.

그러면 지혜는
나에게서는 언제나 먼 지혜는
오늘은 문득 내 곁에 앉아
나의 연인이 되어서
나의 안해가 되어서
나의 시신이 되어서

고개를 가만가만 끄덕이는 것이다.
고개를 가만가만 끄덕이며
잠드는 것이다.
참 순한 짐승 같은
지혜는

⊖

나는 쉽게는 지혜를 사랑하지 않기 위해
노력을 했네.

모든 고백은 어째서 거짓을 포함하게 마련예요,
라고 지혜는 말했는데
하루하루 살아가는 것이 다 고백이기 때문에
우리는 매일 고백을 하는 사람처럼
살아가는 것이죠,
라고 지혜는 말했는데

나의 세계에는 지혜가 없기 때문에
거짓의 지혜와 참의 지혜가 나누어지지 않기 때문에
지혜가 없는 세계에서만 나는
평생을 나는
고백을 하며 살아갔네.

그것이 슬프지는 않았지만
아침에 깨어나 베개에 얼굴을 묻고
울기는 했어요.

I

누구를 만나도
그곳이 어디어도
지금이 언제여도
지혜는 나를 선불리 동정하지 않았지.
동경하지 않았지.
희망하지 않았지.
가만히 먼발치서
먼발치서 가만히

내가 나임을 알아보았을 뿐.
그것이 나임을 알아보았을 뿐.
그런 것이 지혜의 기술
나를 거절하지 않는
지혜의 기술

K

나는 지혜를 떠올릴 때마다
밤의 지혜와 낮의 지혜 사이에서 외로웠는데
죽은 지혜와 살아 있는 지혜 사이에서 헤매었는데
앞으로 나아가는 지혜와

뒤를 돌아보는 지혜 사이에서

하지만 그때마다 지혜는 이렇게 말했네.
죽어 가는 사람들은 어째서 시처럼 게으른 것예요.
사랑하는 사람들은 어째서 소설처럼 느린 것예요.
사람에 가까운 사람들은 어째서
오늘도 하염없이 사라지잖아요.

그렇다.
그렇지.
지혜의 삶에 대해서라면 나는
희망도 절망도 계획도 기대도 갖지 않기 위해
최선을 다했네.
실은
그것이 지혜를 만나는 유일한 길이라는 걸
나는 알아서

Λ

지혜와 같이 깨어날 때마다
지혜와 하루하루를 보낼 때마다
지혜가 눈물을 흘릴 때마다
지혜가 하하하

웃음을 터뜨릴 때마다

나는 꿈을 꾸고 있을 뿐이라고 생각하였다.
지혜의 등에서 날개가 돋아나는 꿈을
이상이 안해를 떠나는 게 아니라
이상의 안해가 이상을 떠나서
거리로 나가는 꿈을
나아가는 꿈을

거리를 걸어서
횡단보도를 건너서
미츠코시 백화점 옥상에 올라가
저 아래를 내려다보는 꿈을

피곤한 생활이 똑 금붕어 지느러미처럼
흐늑흐늑 허우적거리는
오탁의 거리를 내려다보며 지혜가
날자, 날자, 한 번만 더 날자꾸나,
라고 중얼거리는 꿈을

M

날아오른 지혜는 어디로 갔나.

지혜는 날아올라 어디로 가나.

실은 아무 데도 가지 않네, 지혜는
인류에 대한 대량학살만이 지구를 구한다고 믿는 급진주의자처럼 지혜는
온 우주에 지구 같은 별이 없으리라는 것을 깨달은 외계인처럼 지혜는
수태한 마리아를 사랑하게 된 천사 가브리엘처럼 지혜는

불안하였다.
불안했으므로 지혜는
화분을 사고
꽃을 키우고
수목에 물을 주는 사람

고기를 먹지 않고 비닐을 쓰지 않고 플라스틱을 사용하지 않고 어디를 가도 걸어 다니고 조용히
온라인 게임을 하는 사람
지혜가 가장 좋아하는 게임은

인간이 사라진 세계에서
살아가기

N

지혜는 채식주의자이고 생태주의자이고 페미니스트이고 성소수자이고 지혜는
독재자이자 테러리스트이자 악마이고 지혜는
그토록 무한한 사람이어서 지혜는
자꾸 죽었다가 살아났는데 지혜는

급기야 사기꾼이 되었다.
불한당이 되었다.
승려가 되었다.
애벌레가 되었다.

그리고 드디어
지혜는 나의 영영 기도가
나의 영영 이별이
나의 영영 안해가
되어 주었다.

Ξ

내가 지혜를 사랑한다는 것은 아무래도
새벽에 깨어난 고양이의 울음에 가깝고

산에 올라갔다가 말없이 내려오는 실직자의 표정에 가깝고
벤치에 혼자 앉아 잠깐 웃다가
울다가
그런 잠깐이라는 것도 이제 곧 사라질 것을 아는
노인의 마음에 가깝고

지혜는 잠깐 웃는 순간에 자신의 모든 것을 담을 줄 아는
소년
아주머니
아저씨
괴물
마침내 할머니였다가 조용히
나의 안해인 사람

지혜는 그런 것이 이상하다고 생각하겠지.
창밖에 내리는 눈과
겨울 선술집의 가만한 취기와
아무도 없는 밤의 외로움을
누구나 견디는 밤이 있다는 것을

O

내가 어째서 지혜에게 전화를 했는데

지혜는 전화를 받지 않았다.
전화를 받지 않아도 지혜는
전화를 받아도 지혜는
여전히 나의 안해였지만

나는 이미 죽은 사람처럼 깨어나서는
침묵을 하였다.
천장을 멍하니 바라보다가
베개에 얼굴을 묻은 채 웃고 울다가
이승의 휴대전화를 골똘히 바라보며 또
이런 메모를

나는 비천한 유물론자이다……
라고 적은 뒤에
나는 물질들의 변수에 불과하다……
라고 적은 뒤에
나는 지혜의 훼손된 파편에 불과하다……
라고 적은 뒤에는 드디어

나는 생멸을 반복하는 생물……
나는 믿음도 신앙도 종교도 없는 휴먼……
이라고 적어 보는 것이지만

사랑을 잃고 나는 쓰네……
라고는 적지 않았지.
진짜 시인처럼
지혜에 대해서는 쓰지 않았지.
지혜에 대해서 쓰지 않는 것이
시인의 조건이라도 되는 듯이

생각해 보면 지혜는
언제나 시의 곁에 있으면서
시의 곁에는 끝내 없는 사람

Π

나의 슬픔은
슬픔으로 깊어져도 영영
지혜에게 가닿지 못해요.

지혜는 나의 안해이고
나의 적이고
나의 부재이고
나의 사랑이라서

지혜는 밤하늘의 달처럼 말이 없다.

지혜에게는 나에게 닿을
동종의 언어가 없다.

지혜는 희미한 빛에 가까울 뿐이고
힐끗 지나가는 혜성에 가까울 뿐이고
저기 저 밤하늘에 스며드는
새벽빛을 닮았을 뿐이어서

P

지혜에 대해서 궁금한 것이 많아도 나는
초조하거나 절망하지는 않았다.
벼룩처럼
파리처럼
모기처럼
초조하거나 절망하지는 않았다.

궁금한 것이 많은데 아무것도 알지 못해서
밤마다 응앙응앙
울지는 않았다.
이를 악물고 울지는 않았고
피를 빨지도 않았다.

이십 년이 넘고 삼십 년이 넘는 세월 동안 사랑을 했는데도 나는

지혜를 사랑은 했는데도 나는
여전히 지혜가 낯설었다네.
내가 평생 이해한 것은
지혜가 나를 이해하지 못하는 것이
당연하다는 것뿐
오늘도 지혜가 낯설다는 것이
당연하다는 것뿐

Σ

지혜는 언제나 뒤를 바라보면서
앞으로 나아가는 사람
이건 아까 한 얘기
먼 미래가 언제나 뒤에 있다고 생각하는 사람
이건 아까 하지 않은 얘기

이제 곧 우리가 함께 있는 영원한 과거에
지혜가 도착할 것이다.
그곳이 우리의
변치 않는 미래

그래요.
나는 오늘 아무것도 하지 않았어요.
동전을 던져서
그 동전이 앞인지 뒤인지 맞추어 보는 것만으로 하루를 보냈을 뿐예요.
동전은 앞이 아니면 뒤이겠지만
확률은 반반이겠지만
열 번을 던지면 5 대 5가 나올까요?
백 번을 던지면 50 대 50이 나올까요?
천 번을 던지면?
만 번을……

무한한 동전들이 무한하게
2분의 1을 향해 나아가는
그 맹목적이고도 아름다운 전진을 바라보아요.
그것을 사랑이라고 부를 수 있다면
슬플까요.

지혜는 지혜를 닮은 사람으로서 그런 말을 하고
지혜는 지혜에게 영영 가까워지는 사람으로서 그런 말을 하고
겨우 2분의 1에 가까워졌다가
영영 2분의 1에 닿지 못하는 목소리로서

지혜는 금붕어처럼 민달팽이처럼 제라늄처럼
말을 하면서도 하지 못하는 사람
말을 하지 못함으로써 말을 하는 사람

1000분의 1이 모자라서
우리가 이렇게 살아가고 있다고
혼자 중얼거리는 사람

나는 그게 좋아서 오늘밤도
히히히
웃고 있지만

T

지혜는 지하철 창에 어린 채 말없이
나를 빤히 바라볼 때가 있었다.
지혜는 내가 찍은 모든 사진 속에서 말없이
나를 물끄러미 바라볼 때가 있었다.
오늘의 지혜는 도서관 창밖에서
식물의 얼굴로 구름의 얼굴로
나를 또 바라보고는 있었는데

내가 지혜에 대해 생각하지 않을 때만 지혜는

나에게 보인다는 것
내가 지혜를 그리워하지 않을 때만 지혜는
나에게 말을 걸어온다는 것

지혜는 그래서 미워 죽겠는 사람
지혜는 그래서 그리워 죽겠는 사람

Y

내가 길을 걸으면
지혜를 닮은 사람이 자꾸 나타나서
길을 물었다.

편의점에 들어가면 영수증을 드릴까요,
안녕히 가세요,
라고 인사를 해주고

은행에 가면 어서 오세요,
돈이 필요하세요,
돈이 없으면 돈을 빌릴 수 없어요,
어쨌든 돈이 돈을 빌리는 것이라서요,
라고 설명도 해주고

택시를 타면 어디로 갈까요,
어디로 모실까요,
라고 친절하게 묻다가 결국
다 왔습니다,
내리세요,
내리시라니까요,
왜 안 내리십니까,
빨리 내려 이 새끼야,
라고 고함을

하지만 사실 지혜는 대개
침묵을 한다.

Φ

나는 지혜가 그리워서 글을 쓰고
지혜가 보고 싶어서 또 글을 쓰고
글을 써 봐야 아무 소용이 없다는 것을 알면서도
어쨌든 글을 쓰는 것인데

사실 지혜에게는
그런 것이 상관없었네.
글 따위는 아무런

상관이 없었네.

나는 그냥 열심히 쓰다가 영영
아무것도 쓰지 않다가 영영
멍한 표정을 지을 뿐이라서
히히 웃는 표정을 지을 뿐이라서
사실

바보죠.

X

나는 '지혜의 우울증과 서울의 하수도 시설'이라는 제목의 시를 쓴 적이 있는데
신비로운 지혜가 우리의 사후라고
전생이라고
지진이라고
쓴 적이 있는데
그렇게 쓴 적이 있기 때문에

정말 발밑이 흔들리는 순간이 온다.
중심도 진앙도 없이
발밑이 흔들리는 순간은 온다.

그것이 우울하기는 했지만
무섭지는 않았네.
발밑이 흔들리지 않으면
지혜가 아니기 때문에

Ψ

결국 나는
늙은 지혜를 만났어요.
지혜가 여자인 줄 알았는데 지혜는
여자가 아니었고
지혜가 남자인 줄 알았는데 지혜는
남자가 아니었고

지혜는
내 꿈속의 지혜는
비명을 지르며 깨어난 뒤에
이렇게 중얼거리는 사람

아아, 꿈을 꾸었어요.
죽은 친구가 나에게 전화를 걸어오는 꿈을
그 친구가 시를 쓰고 소설을 쓰는 꿈을
나를 매우 그리워하는 꿈을.

말하자면 그것은
세계대전에 참전한 병사처럼
자신을 의아해하는 꿈
천사 가브리엘이 마리아에게 수태를 고지하다가
의심을 이기지 못하는 꿈
말하자면
악몽이죠.

Ω

우리는 아무래도
꿈만은 따로 꾸었다.
잠만은 따로 잤다.
꿈과 잠이 연결되지 않아서
나는 지혜의 꿈을 아무래도
상상할 수 없었다.

그것이 또 나는 슬펐지만
지혜에게는 꿈 같은 것이야 아무래도 상관없겠지,
라고 생각하니 또 나는
슬펐지만

내가 죽고 지혜가 죽고 그 후에서야 우리는

드디어 살아갈 거예요.
꿈도 없이
잠도 없이

그런 걸 생각하면 참 좋아서
나는 응앙응앙
오늘밤에도 혼자 울었네.

A

이제 나는 가벼운 마음으로 말하기로 해요.
지혜는 자정과 같은 정오가 되어서야 일어나는 사람이라고
지혜는 아무래도
지혜가 아닌 사람이라고

지혜는 나의 연인
나의 남편
나의 안해
나의 할머니라고

아침에 같이 눈을 뜨고 같이 커피를 마시고 같이
밥을 먹고 설거지를 하고 쓰레기를 버리고 같이

일을 하다가 까르르 웃으며 같이
그리워하는 것으로
그것으로
그렇게 생각하는 것으로

모든 게 좋았다고

이장욱 시인·소설가
발표한 작품으로 시집 『동물입니다 무엇일까요』(현대문학, 2018)
소설집 『트로츠키와 야생란』(창비, 2022)이 있다.

시詩소설小說인人가家소설小說시詩인가人家

二人구병모家「숨값」詩小說시소설

發表作발표작長篇小說장편소설『상아의 문으로』(문학과지성사, 2021)

中篇小說중편소설『바늘과 가죽의 시』(현대문학, 2021)발표작發表作

"숨을 쉬기 위해 피치 못하게 숨을 쉬다가
끝내 숨을 거두는 날들은 이렇게 온다"

잠든 왕자의 가슴을 칼로 찌르지 않은 인어공주는 공기요정이 되었다

공기 속에는 요정이 산다 그러므로 우리가 한 번 숨을 들이마실 때마다 수억의 공기요정을 함께 마시는 것이다 그들이 날아 들어와 폐에 깃들다 자신의 꼴을 유지할 만큼의 세포를 갉아먹고 떠나 버리는 것이다

한 번 깊은 숨을 들이마실 때마다 침투해 온 공기요정들 떠나지도 않고 그렇다고 녹지도 않고

밀도 높은 죽음이 제게 맞는 자리를 찾아 안착하고 몸집을 부풀린 지는 오래되었다

언제부터 요정들의 숨결이 탁해졌는지 언제부터 죽음을 동반하고 공주의 생일잔치에 초대받지 못한 열세 번째의 마

녀처럼 악의를 품었는지는 알 수 없었다

이유보다 중요한 사태 근본보다 무거운 현상

요정들의 잔존과 번식을 무엇보다 유입을 원천봉쇄하기 위한 신제품들이 개발된 것은 필연이었다

단 하나의 요정도 침입을 불허하는 고성능 4중 필터

단 2마이크로미터의 틈새도 허용하지 않는 오가닉 멸균 프리미엄 제품

내 턱같이 편안한 쓰리디 입체 밀착형 구조

오늘 이 시간에만 특가 할인 30개들이 60개들이 매진 임박 120개들이는 추가 할인 240개들이는 플러스 60개로 도합 300개가 나갑니다

주의사항, 1회용입니다 (각각 24시간과 36시간, 48시간 경과 시에 공기요정을 차단하는 기능이 급전직하함을 그래프로 나타낸다) 빨아서 쓰면 4중 필터의 효과가 사라집니다 햇빛에 말려서 쓰면…… 지금은 어쨌든 햇빛 아래 무언가를 말린다는 일이 결코 현명하지 않지요 공기요정은 어디나 있으니까요 재사용으로 인해 당신의 폐에 깃들고 점막을 장악한 요정에 대해서는 책임지지 않아요 그러니 이걸 두고 효과가 없다거나 반품을 요청하시면 안 되는 것입니다

그럼에도 아무런 방패도 없는 것보다야 낫지 않겠어요 개봉 즉시 사용해 주세요 사용 직전에 개봉해 주세요 공기요정으로부터 당신의 연약한 장벽이 호흡기관을 최대한으로 방

어할 수 있도록

계산기를 두드려 본다 월화수목금토일

한 달이면 30개 또는 31개

일하지 않는 일요일엔 아무 데도 나가지 말자 극장도 서점도 마트도 사람들이 온갖 공기요정을 묻혀 오는 밀폐된 카페도, 공원을 비롯한 야외도 금물

그 어디든 발걸음하지 않으면 되지 사랑도 하지 않으면 그만이지 집에서 꼼짝 말고 숨만 쉬면 돼 어차피 우리는 숨 쉬다 죽어 가는 거니까 숨을 쉬지 않으면 살 수 없지만 숨을 쉬면 조금씩 젖어드는 죽음을 피할 수 없지 지금은 얼룩처럼 자리한 죽음이 번져 나가는 속도를 늦추는 일에 전념해야 할 때

그런 의미에서 다시 한 번 두드려 보면 한 달에 24개 아니 그래도 너무 많다 이틀씩 쓸까 사흘까지도 버틸 만할까 그런 확정적인 경계가 존재할까 몇 번째 날부터는 틀림없이 위험하다는 명시가

여기서 우리는 중요한 사실을 잊어서는 안 되겠습니다 나가지만 않으면 그만인가를 집에서 숨만 쉬며 천장을 올려다보고 하루를 마감하면 믿는 종교도 없이 보시기에 좋았더라 하는 안식일을 지키면 말입니다 그러면 완벽할까요, 라고 묻지 않고 그저 괜찮을까요, 라고 묻는다

그러게 괜찮다는 건 뭘까 우리의 괜찮음은 어디까지일까

너와 나의 내구력이 다르다는 사실은 평균값이라는 엄중한 기준에 묻혀 사라지곤 해 공기요정은 바깥세상에만 편재하는 걸까 창문을 열지 않고 꼭꼭 닫으면 되지 그러나 그들은 세상의 모든 틈으로 스며들어와 이 반지하에도 강림하지 비 오는 날이면 그들은 잠깐 모습을 감춘다 물방울에 포박당하여 물방울 한 개가 그들에게는 한 칸의 물감옥이다

그런 때가 아니고서야 언제고 비 끝에 다시 고개 내미는 공기요정 그들은 우리의 상상보다 튼튼하고 집요하지 거기에 요정이라는 이름을 붙여도 될까 언제부터 우리는 요정에게 대체로 앙증맞고 투명한 날개와 하늘거리는 리본이며 레이스 같은 이미지를 부여하기 시작했을까 사람 세계가 그렇듯 요정 가운데에서도 우악스럽고 난폭하며 시취를 풍기거나 부스럼쟁이거나 수많은 절지節肢를 지닌 이들이 있을 것인데

언니 나야 응 그냥 지내지 뭐

바라보는 벽지의 얼룩이 점점 커진다 벽이 점점 앞으로 가까워진다 구부린 무릎은 더욱 예각이 되어 가고 등은 옹송그려진다

지난번에 내가 뭐랬어 숨만 쉬고 살아도 돈이 든댔나 나는 아무것도 하지 않는데 따박따박 떼어 가는 건보료 하며 병원 문턱에도 안…… 못 가는데 그냥 허공에 녹아 사라지잖아 설탕 같은 숫자가 결산이며 자료라고, 너 이렇게 먹고 입었다

며 화면을 건드리고 지나가지만 숫자와 맞바꾼 구체적인 실물을 내가 만져 본 적은 손에 꼽잖아

나 정말 구제救濟 받고 싶다고 주민 센터에 갔거든 건보료만이라도 어떻게 안 되겠느냐고 물었더니 여기가 아니래 건보공단에 가래 그래 갔지 담당자가 그래 소득이 있으니까 안 된다고 그래 하지만 월세로 나가고 밥 먹을 돈도 전화요금도 없는데요, 했더니 그건 또 우리 소관이 아니래 어쨌든 너는 돈을 벌고 백 원 천 원이라도 벌고 거기서도 세금이 까이는 게 당연한데 어떻게 건강보험만 날로 먹으려 드느냐고 그래 지금 젊어 그렇지 창궐하는 공기요정들로 인구의 절반 이상이 호흡기 질환자인데 평생 병원 문턱 한 번 안 넘어 보고 살 거 같냐고도 그래 그러면서 나를 구제驅除할 것 같은 눈으로 바라봐

월세는 그래 내 몸이 드러눕고 자고 배설하는 공간에 치러야 하는 빚, 이 비생산적이고 비경제적인 세포가 인류 구원에 하등의 도움이 되지 않는 몸이, 존재한다는 이유만으로 납부해야 하는 최소한의 대가이자 의무라고 치자 그러나 그걸 존재한다고 할 수 있을까 정말로 나는 아무것도 하지 않고 무얼 보고도 웃지 않고 무얼 보고도 울지 않으며

아니 그보다 웃거나 울기에 앞서 무얼 보는 일 자체가 없는데 무언가를 보지 않는 동안 그 무언가들이 하나씩 지워지도록 내버려 두는데 봄見이 없음은 봄春이 없다는 것 누군가의 시선이 닿지 않는 곳에 봄은 오지 않는다는 것 그래서 내

몫의 꽃이 피지 않으니 열매도 영영 주어지지 않는다는 것

그때 언니 그냥 맥빠진 우스개로 내가 그랬잖아 숨만 쉬어도 돈이 나간다고 그게 시시한 레토릭에 불과했으면 좋겠는데 진짜로 숨만 쉬고 사는 것 말고는 방법이 없더라고

어 맞아 나 그거 살까 해 먹고는 살아야지 일하러는 나가야지 그런데 요정이 깃들지 않는 맑은 공기를 구매하고 나면 먹고산다는 말이 무색하게 남는 게 없네 플레인이 기본이지만 옵션 추가하면 딸기맛이나 바닐라맛 공기도 있더라고 맛있는 것이 사치라면 입에 거칠어도 좋으니 배는 불렀으면 좋겠네

어느덧 신제품은 신新이 아닌 신神의 영역으로 넘어가 눈에 보이지 않는 요정들의 증식을 통제 및 차단하는 경지에 이르렀다

하루에 한 캔씩 30일분 지금 바로 전화 주세요 하루 한 캔만 마시면 하루 동안 목젖과 폐부에 달라붙은 공기요정의 95퍼센트까지 박멸합니다 특수 시설에서 48시간의 공정 끝에 증류된 맑은 공기만 모았습니다 독일 생화학실험 연구소에서 개발된 공기요정 분해 성분을 추가했고요 식약청 인증 제품입니다 유사품에 주의하시고 정품 마크를 확인하세요

사용법:

1)가능한 한 작고 밀폐된 공간(욕실 또는 드레스룸 정도)을 선택하여

들어갑니다 해당 공간은 사전에 환기가 되었거나 공기청정기가 돌아가는 공간이면 더욱 좋습니다 H13 등급 이상의 헤파필터가 적용된 공간에서 착용하기를 권장합니다

2)동봉된 전용 마우스피스를 그림과 같이 입에 장착합니다

3)캔을 따고 캔 주둥이와 마우스피스의 홈 부분을 합체합니다

4)그대로 들이마시고 내쉬기를 50회 이상 반복합니다 최대 120회를 넘기지 않습니다

주의사항:

1)너무 무리해서 깊이 들이마시면 두통이 올 수 있습니다 편안한 호흡을 유지해 주세요

2)들이마시기는 깊고 크게, 내쉴 때는 짧고 가볍게 내쉬어 주세요

3)본 제품은 음료가 아닌 공기 혼합물입니다 내용물을 보거나 만질 수 없습니다 반드시 이용 직전에 개봉해 주세요

앞의 이론은 뒤에 오는 이론에 의해 부정된다 앞의 기능과 효과는 뒤에 오는 기능과 효과에 의해 폐기된다 이번에야말로 진짜다 봐 독일 연구소라잖아 독일,이라 하면 왠지 모를 경직된 태도와 차가운 공명정대함 치밀함 이런 게 떠오르잖아 나쁜 공기를 한 모금이라도 집어넣은 것이 적발됐다간 큰일 날 것 같잖아 믿을 수 있잖아

편의점 진열대엔 어느새 제조사별로 가격이 다른 공기가

들어왔다 가격이 다르다는 것 색이 다른 라벨이 붙었다는 것 등급이 다르다는 것 너와 나는 인간이라는 종속과목강문계 말고는 닮은 점이 하나도 없다는 것

최대 95퍼센트를 분해한다는 것 최대 85퍼센트를 살해한다는 것 우리 사이에는 10퍼센트의 건널 수 없는 강이 있다는 것

한 가지 위안이라면 최대치의 확률이란 실제의 인구가 그 수치에 가 닿는 빈도와 반드시 일치하지 않는다는 것 정작 써 보고 나면 95퍼센트의 '가능성'을 지닌 제품이라는 말장난 실상 25퍼센트만 유용하게 흡수하고 70퍼센트를 값없이 녹여 버렸다 한들 그것은 사용자 개인 환경과 습관이 합작한 실수일 뿐 제품의 문제와는 인과성이 증명되지 않았지

신제품은 날마다 새로이 신神의 형상을 하고 나타나며 신은 보통 거짓을 말하지 않는다지만 거짓 아님이 곧 진실이라는 등식은 성립하지 않으며 신은 인간을 시험에 들게 한다는 명분 신앙심을 떠본다는 명목으로 의도된 혼란과 악을 제공하는 한편 기본적으로 변덕이 심하거나 철저히 자기본위다

아이들은 하굣길 도중 문득 멈춰 서선 목구멍 깊숙이 끓는 가래를 길어 올린다 이제 고개를 돌리고 가능한 한 구석에서 침을 뱉는 것은 유아기부터 공통으로 가르치는 예절이다 그보다 더 가능하다면 바깥에서는 한계에 이를 때까지 게워 내기나 뱉기를 참아 보든지 도저히 안 되겠으면 인근 공중 화

장실을 이용하라는 것이 중론이다 사람이 급하다고 아무 데서나 바지를 내리고 볼일을 해결하지 않아야 하는 것과 마찬가지로

가래 인구가—그들은 가래 '환자'로 분류되지 않는다 누구나의 목구멍에서 일상이 끓어오르니—늘어나면서 한때 알루미늄제의 개인 휴대용 타구가 신제품으로 등장했는데 그중 일부는 모던한 북유럽 감성 운운 앤티크풍이 뭐라나 뚜껑에 기계로 깎아 새김질 좀 했다고 바로크풍이라며 레드라벨이니 블랙라벨을 자처하다 나중 가선 14케이 금으로 된 명품라인에 이르기까지 차별화를 시도했지만 이것은 신新에서 빠르게 구舊로 변질되었을 뿐 신神의 자리에는 등극하지 못했다

생각해 봐 누가 그런 걸 타인의 안구 보호를 위해 거추장스레 들고 다니겠어 자신의 품위를 위해서라는 말도 마 지금 품위 찾을 때냐고 본체에 조각 문양 넣어 봤자 그 안에 담긴 게 가래지 뭐야

그리하여 아이들이 가래를 뱉는다 누렇고 걸쭉한 침 반 암적색 피 반, 도리 없이 스물네 시간 함께하는 공기요정들이 목과 가슴을 할퀸 흔적이다

그 옛날 아이들은 주일학교에서 배우기를 주님께서는 이 세상 모든 곳에 계셔요 언제나 어디서나 주님이 항상 함께하신다던 지켜보신다던 우리를 구해 주신다던 그 주일학교 선생님은 지금 어디서 무얼 하고 계실까 세상 모든 곳에 계시

는 주님의 얼굴을 단 한 번이라도 보았을까 그 이전에 숨은 잘 쉬고 계실까 교회의 문을 엑스 자로 막은 판자, 수축과 팽창을 반복한 나뭇결 틈에서 못이 붉게 녹슬어 간다

병원은 스물네 시간 만원사례 베드가 모자라 입원병동 통로에 일렬로 모포를 깔고 누웠다 약과 혈압계를 운반하던 간호사들이 모포를 밟고 미끄러졌다 그들이 귀에 건 푸른색 의료용 부직포 마스크에 저마다 보랏빛으로 꽃처럼 얼룩이 졌다 지불 능력이 없는 자들과 있다 한들 이미 늦은 자들

그런 문턱마저도 넘지 못했던 이들이 모인 슬럼가 세상 어디보다 공기요정들이 빽빽하게 모여 사는 곳 깨끗하게 증류된 공기를 사 마실 돈은 없었어 이제 그들은 코와 입을 틀어막아 녹회색 콧물에 침 묻은 휴지 한 장도 걷어 버리고 마음껏 절망적인 호흡을 한다 기침이 삼분의 일 재채기가 삼분의 일 숨소리의 몫 또한 삼분의 일 서로를 향한 입김과 서로를 조준한 기침으로 눈에 보이지 않는 타액의 포말을 교환한다

빈 집에 드러누워 눈을 뜨면 허공을 맴도는 공기요정들의 가느다란 날갯짓마저 볼 수 있다 두껍게 앉은 먼지에 각혈을 하고 누가 뭐라는 이 없으니 닦지 않는다 대강 발로 뭉개면 돼 어차피 무얼 하든 우리 입으로 코로 도로 들어올 뿐이니 이 세상 밖으로 이주하기 전에는 어디로 몸을 두어도 피할 길 없는 일천 마이크로그램 퍼 미터세제곱의 공기요정들

세상에 우리 몫의 레드니 블랙라벨은 없었고 우리가 마실 수 있는 물에는 애당초 가격 상한선이 있었다 숨도 뒤늦게 물과 마찬가지의 지위를 얻은 것뿐

잘 증류된 숨 특허 받은 공기요정 박멸 성분이 들어간 숨의 값은 나날이 치솟았다 숨값을 낼 수 없는 이들의 주위에 공기요정이 창궐했다 검은자위와 흰자위를 구별하기 어려운 모두의 눈이 빨갛다 그런데도 사람들은 숨 쉬기를 멈출 수 없었다 콧구멍으로 오장을 뽑아 내며 기침하다 입에서 검은 피를 쏟고 죽어 가면서도 마지막까지 한 숨까지 끌어 모으려 저절로 벌어지는 입

어쩌자고 우리는 숨을 쉬어야만 살 수 있게 만들어져서 이렇게

숨값을 벌려면 숨을 쉬어야 하는데

숨을 쉬기 위해 피치 못하게 숨을 쉬다가 끝내 숨을 거두는 날들은 이렇게 온다

구병모 **소설가**
발표한 작품으로 장편소설 『상아의 문으로』(문학과지성사, 2021)
중편소설 『바늘과 가죽의 시』(현대문학, 2021)가 있다.

시詩소설小說인人가家소설小說시詩인가人家

三人김선재家「뜻밖의 의지」詩小說시소설

發表作발표작詩集시집『목성에서의 하루』(문학과지성사, 2018)

小說集소설집『노라와 모라』(다산책방, 2020)발표작發表作

"……아, 아……. 그게 우리의 처음이자
마지막 의지였다."

새들이 그림자를 끌고 해가 지는 쪽으로 날아간다. 곧 석양이 집안으로 들이칠 것이다. 생과 생 아닌 것의 경계가 모호해지는 시간이다. 숨소리나 벽과 유리창에 찍힌 손자국 같은 것들. 희미하고 간헐적인 자국 위에 크고 단호한 자국이 겹쳐지며 얼룩이 된 손자국은 다시 자라며 뭉개지다 종내에는 지워질 것이다. 사라질 것과 사라진 것들이 뒤섞이는 것을 본다. 안에서 잠든 그들은 고요하고 바깥의 세계는 천천히 저녁으로 기우는 중이다. 그 사이에서 잠든 너는 오래된 낙서처럼 흐릿하기만 하다. 눈을 감은 네가 갑자기 숨을 몰아쉰다. 위층의 누군가가 요란하게 머리 위를 가로지른다. 개집 위에 쌓인 먼지가 잠깐 소스라친다. 말라 버린 넝쿨 식물에서 잎이 떨어진다. 건너편 건물에서는 복도로 나온 여자가 이불을 턴다. 하얀 이불이 허공을 찬다. 석양이 잘게 쪼개진다. 먼 곳에서 개가 짖는다. 수런거리는 저녁이 다가온다.

그뿐이다. 너는 가슴을 가쁘게 들썩거리면서도 내내 잠에서 깨지 않는다. 네가 꾸는 꿈은 어떤 모습일지 궁금하지만 내가 그걸 알아 낼 방법은 없다. 눈앞에서 너의 무릎과 어깨와 머리카락에 앉았다가 그늘 속으로 숨기를 반복하는 파리가 그런 것처럼 나는 무기력하게 네 곁을 맴돈다. 바닥으로 들이친 햇살이 너의 발치에 닿았다가 허벅지를 타고 올라가 작은 어깨에 걸리는 것을 본다. 곧 햇빛이 잠든 네 목을 그을 것이다. 베란다 창 끄트머리를 길게 가르며 비행기가 지나간다. 줄이 아주 잠깐, 흔들린다.

너는 자면서도 자주 입술을 모아 엄지손가락을 빤다. 언젠가부터 너는 손톱이 빠지도록 엄지손가락을 빨고 빠진 자리를 또 빨았다. 덕분에 너의 오른쪽 엄지손가락은 기형적으로 부풀었다. 마디가 굵어지고 피부색까지 변한 그 손가락을 볼 때마다 나는 식물의 뿌리에 기생하는 혹을 떠올린다. 마디를 끊은 자리에서 몸집을 부풀리다 끝내 식물을 죽이고 마는. 아닌 게 아니라 네 그 손가락은 너에게 기생하며 양분을 흡수하는 버섯처럼 날마다 모양이 조금씩 달라진다. 네 신체 중 유일하게 성장하는 부위 같기도 하다. 언젠가 그녀는 네 유치가 벌어지고 비뚤어진 것이 그 손가락 빠는 버릇 때문이라고 했다. 빼라고. 사과를 깎던 그녀는 손가락을 문 너에게 그렇게 말했다. 그러면서 그녀는 네가 실어증을 앓는다는 사실을 떠올렸다. 그녀는 숨을 고르고 다시 말했다. 손가락을 빨지 말라는 얘기야. 그러나 너는 움찔거리며 눈치를 볼 뿐이었다. 그녀가 깎던 사과를 내려놓으며 물었다. 내 말이 안 들리니?

어쩌면 그 저녁은 그럭저럭 별일 없이 지나갔을지도 모른다. 네가 선 채로 오줌을 싸지 않았더라면 말이다. 그건 너도 모르는 네 몸이 한 일이었지만 그녀가 이해하기 어려운 일이기도 했다. 자신을 무시하지 않고서는 도저히 할 수 없는 행동이었다고 한밤에 돌아온 그에게 몇 번이나 말했을 정도다. 그녀는 정말 심한 모욕감을 느꼈다. 바닥에 흥건하게 고인 자신의 오줌을 보며 울음을 터뜨린 너를 밀친 건 그 때문이었다. 도대체 왜. 플라스틱 쟁반과 사과와 슬리퍼 따위를 네 쪽으로 집어던지며 그녀는 고함을 쳤다. 자신이 이런 대접을 받을 이유가 없다는 생각을 떨칠 수 없었다.

사실 그날은 의도하지 않은 일과 의도하지 않은 행동이 겹쳐진, 어디서 있을 수 있는 많고 많은 날 중 하루에 불과했다. 어디에나 손가락을 빨거나 오줌을 싸는 아이는 있고 물건을 집어던지는 습관을 가진 사람도 넘쳐나는 세상이니까. 그녀가 거칠게 네 손가락을 잡아채서 쥐고 있던 과도를 갖다 댔던 것 또한 일시적인 충동에 불과했으나 너는 그걸 몰랐다. 네가 오줌을 싼 이유가 단지 화장실 문을 열지 못했기 때문이라는 사실을 모르기는 그녀도 마찬가지였다. 너는 도망쳤고 그녀는 너를 쫓았다. 서로 아무것도 모른 채로 쫓고 쫓기던 그 상황은 결국 택배기사의 방문으로 싱겁게 끝나 버려서 그녀는 곧 그 일을 까맣게 잊었다. 그래서 네가 몸을 숨기기 시작한 게 그날부터라는 걸 몰랐다. 너를 몇 번이나 침대 밑에서 찾아낸 그녀는 어느 날 그 문제에 대한 최적의 이유를 떠올렸다. 좀 모자란 거 아닐까. 어느 날 밤, 그의 품에 안겨 걱정스러운 목소리로 그녀는 그렇게 말했다. 그렇지 않고서는 저럴 리가 없잖아. 그는 기꺼이 빠르고 자연스럽게 그녀의 말에 동의했다. 그들은 정말 그들의 방식대로 너를 걱정하기 시작했다.

현관문이 열렸다 닫히는 소리가 벽을 타고 전해 온다. 연이어 창문이 흔들리고 문에 걸린 달력이 팔랑거린다. 네가 눈을 뜬 것은 벽이 우는 것을 멈추고 모든 사물이 제자리로 돌아간 다음이다. 그들이 흔들어 놓고 떠난 자리에서 고요가 다시 차오른다. 그러나 그뿐이다. 너는 어제 아침 이후 어떤 것에도 반응하지 않는다. 뭘 먹거나 마시고 싶다는 욕구도 사라진 듯하다. 천천히 눈을 깜박거리며 눈앞의 밥그릇을 바라보다가 도로 눈을 감는 너를 본다. 지금과 같은 너의 무관심은 전에 없던 것이다. 지나가던 구름이 우연히 해를 가리거나 이웃의 누군가가 창문을 여닫는 소리에도 예민하게 반응하던 며칠 전에 비하면 정말이지 너는 빈집처럼 고요하다.

네가 달라지기 시작한 건 한 달 전 즈음부터다. 냉장고 문을 연 네가 네 키를 훌쩍 뛰어넘는 위 칸을 살피려 했던 게 잘못이었다. 냉장고 문틀을 밟고 올라선 너는 비틀거렸다. 뒤로 넘어지면서도 넘어지지 않으려고 팔을 휘저었다. 냉장고 안의 반찬통이며 양념통 따위가 손아귀에 잡혔지만 그것들이 균형에 도움이 되지 않는다는 걸 너는 몰랐다. 한 번 쏟아진 건 다시 주워 담을 수 없다는 사실을 어렴풋하게나마 깨달았으나 너는 자신이 깨달은 게 뭔지 설명할 수 없었다. 김칫국물을 뚝뚝 떨어뜨리며 도망친 이유였다. 그가 식탁 밑으로 기어드는 네 발목을 잡았다. 잘못한 건 알 나이야. 뒤집힌 된장통을 집어 들며 그녀가 말했다. 걔한테는 그때그때 똑똑히 일러 줘야 한다고. 그녀의 말을 들으며 그는 발목이 잡힌 너를 바라보았다. 내가 이런 거나 치우려고 이 집에……. 그녀는 그다음 말을 삼켰고 그는 너를 안아 들었다. 사람이면 좀 사람 새끼답게 굴어. 너를 베란다로 끌고 나가며 그가 말했다. 그날부터 너는 자주 침대 밑에서 끌려 나와 베란다에 갇혔다. 가끔 네 목에 목줄이 걸리기도 했다. 모두 너를 사람답게 키우기 위해서였다. 그들은 그렇게 믿었다.

햇빛이 쓸고 간 자리에서 어둠이 차오르기 시작한다. 채도와 명도가 낮아지는 시간이다. 창밖에서 불빛이 하나둘 떠오른다. 창문 틈새로 바람이 새어드는지 볼을 가린 네 머리카락이 희미하게 날린다. 그러나 너는 마치 침묵을 강요받는 인간처럼 어떤 반응도 없다. 아무것도 하지 않는 것으로 자신을 증명해 냈다는 인간의 이야기를 떠올린다. 이야기에서 이야기로 전해지는 삶과 말에서 말로 전해지는 감각 같은 것들. 끙끙거리며 돌아누운 네 눈가에서 눈물이 흘러내린다. 너는, 왜 우느냐고 묻고 싶다. 인제 와서 왜 나에게 그런 의지가 생겨난 건지 알 수 없다. 다만 논리와 논리 사이를 떠도는 침묵과, 침묵과 침묵 사이를 가로지르는 예감이 나를 추동할 뿐이다. 보이지 않아도 있는 것들, 있지만 자꾸 잊어버리는 이름들이 그림자처럼 너와 나 사이를 지나간다.

허락된 것과 금지된 것을 눈치로 구별하던 너는 처음 베란다에 묶인 날 밤새 목줄을 쥐어뜯으며 울었다. 사실 그것 말고 네가 할 수 있는 일은 없어 보였다. 손가락을 빨거나 우는 것, 말을 잃어버린 이후 네가 너를 증명하는 방법은 그게 다였다. 그들을 비롯해 그 이유를 궁금해하는 인간은 아무도 없었다. 그 밤 동안 누군가 현관문을 두드렸고 인터폰도 두어 번 울렸으나 누구도 네 사정을 알아 내지 못한 것도 그와 같은 사정이었다. 짐승처럼 꺽꺽거리던 네가 갑자기 울음을 멈췄다. 새벽녘이었다.

나는 네가 베란다 난간에 올라서던 그 순간을 기억한다. 움직임을 따라 목에 걸린 줄이 어둠을 팽팽하게 잡아당기던 것이나 난간에서 내려선 네가 내뱉은 긴 숨소리 같은 것들. 백 년을 산 노인의 그것 마냥 네 한숨 소리는 깊었고 어둑새벽 사이로 희붐하게 밝는 창밖을 바라보는 네 표정은 세상의 비밀들을 한꺼번에 알아 버린 인간처럼 피로해 보였다. 정말이지 피로라는 단어의 가장 분명한 형상이 너인 것 같았다. 너는 한참 동안 난간에 매달려 지상을 바라보았다. 가끔 하늘을 보며 몸을 떨기도 했다. 그날부터 너는 목줄이 없어도 아무 데나 오줌과 똥을 쌌고 아무 때나 자고, 깨어났다. 잠에서 깬 후에도 잠 속에 있는 것처럼 멍한 표정의 너는 날마다 조금씩 흐려지는 것 같았다. 베란다로 쫓겨나는 횟수도 따라 늘어났지만 너는 전처럼 발버둥을 치거나 울지 않았다. 그저 사물처럼 누워 가슴만 들썩이며 인간이 되는 대신 사물이 되기로 작정한 것 같았다. 그게 말을 대신한 네 의지처럼 보였다.

파리가 달려든다. 달려든 파리들이 네 몸 위를 낮게 떠다닌다. 나는 다가서며 네 주변을 떠돌던 단어들을 떠올린다. 엄마나 아빠, ……집, 밥 같은 사소한 말들. 이미 오래전에 떠난 그 말들은 네 작고 붉은 혀끝에서 소리가 되기만 기다리던 것들이다. 그 단어들을 입에 올리는 순간 네게 보였을 세상을 상상해 본다. 빛이라고 말하면 발밑에서 그림자가 피어나고 물이라고 하면 그때야 비로소 흐르기 시작하는 말들. 네 시야 너머의 너머까지 뻗어 나가는 무수한 감각을 그려본다. 바람이 불 때마다 붉고 흰 것들이 피어나고, 피어난 담장은 길이 되어 어쩌면 너는 걷거나 달리다, 울겠지, ……웃겠지. 네 등 뒤에서 떠오를 준비를 하던 거대한 영토와 구불

구불 이어진 시간의 타래들을 기억한다. 지금은 사라지고 없는 것들이다. 이제 네 곁에 남은 건 나뿐이다.

나는 왜 아직 여기 있을까.

침묵이 수면 위로 떠오르는 밤이면 가끔 그런 것이 궁금해진다. 애초부터 나를 만든 건 희망이 아니다. 나는 그저 희망이나 절망이 아닌 실제의 세계를 떠돌 뿐이다. 비가 지나간 뒤 더 짙어지는 웅덩이나 웅덩이를 건너뛰는 아이의 짧고 작은 허공. 나는 그 사이 어디쯤에서 발음되는 존재다. 물론 나는 네가 발음할 수도 발음한 적도 없는 존재였다. 곁에 있는 내가 너를 감각할 수 없는 이유다. 나는 보고, 본 것을 전하거나 기억할 뿐이다. 눈을 뜬 네가 비척비척 일어나 빈 화분 쪽으로 돌아앉는 지금도, 나는 너를 바라보기만 한다. 속옷을 내리고 검은 똥을 흘리는 너를. 창백하고 건조한 얼굴을 드는 너를.

먼 곳에서 종소리가 들려 온다. 아주 오래전에 사라진 종이 울린다. 집을 나간 인간들이 돌아오고, 돌아온 인간들은 떠나고, 떠난 인간들이 더 먼 곳으로 돌아가는 것을 알리는 종소리가 오랜 시간을 돌아 이곳에 도착한다. 쪼그려 앉은 너는 그 소리에 귀 기울인다. 먹빛으로 가라앉는 허공을 바라보며 입을 벌린다. 아……. 한숨 같기도 한 그 소리는 분명 너의 의지에서 태어난 소리다. 어쩌면 너의 마지막 의지일 거라고, 나는 생각한다. 사라질 때가 됐다. 천천히 베란다를 떠다니는 그 소리가 되어 너의 감각 속으로 스민다. 나는 처음이자 마지막으로 쓸쓸하고 서늘한 저녁이 되어 너의 곁에 눕는다. 눈을 감는 너의 입에서 긴 숨이 흘러나온다. ……아, 아……. 그게 우리의 처음이자 마지막 의지였다.

김선재 **시인·소설가**
발표한 작품으로 시집 『목성에서의 하루』(문학과지성사, 2018)
소설집 『노라와 모라』(다산책방, 2020)가 있다.

시詩소설小說인人가家소설小說시詩인가人家

四人김수온家「애프터눈 티」詩小說시소설

發表作발표작小說集소설집『한 폭의 빛』(문학과지성사, 2021)

小說集소설집『소설 보다: 봄 2019』(문학과지성사, 2019)공저작共著作

"저 길 너머에서 누가 문을 두드려.

나는 아득해지고 있어."

한 여인이 울타리 안에서 정원을 가꾼다. 평소처럼 잔디를 다듬고 연못에 떠 있는 낙엽과 죽은 벌레를 뜰채로 가볍게 건져 낸다. 사다리를 타고 나무에 올라 죽은 이파리를 잘라 내기도 한다. 그리고 가끔 살아 있는 벌레나 쥐의 숨통을 손수 끊어 낸다. 아무래도 지겹고 지독하니까. 바람이 불거나 비가 내리는 궂은 날에도 여인은 부지런히 정원을 가꾼다. 정원은 언제나 아름답고 그건 오직 여인만이 안다.

정원에 누가 돌을 던지나.

여인은 잔디 사이에 숨어 있는 돌을 찾아낸다. 돌은 땅에 몸을 박고 자라는 꽃처럼 검게 피어 있다. 여인은 돌을 손에 쥐고서 정원을 가로질러 간다. 정원을 지키기 위해서라면 어떤 일이든 감수해 낼 것처럼 비장해 보인다. 정원 입구에 다다르자 걸음을 멈춘 여인이 잠시 망설인다.

돌을 던질 수야 없지.
뭐든 기어코 다치고 깨지니까.
그게 빈 화병이라 하더라도.

여인은 손을 뻗어 울타리 바깥에 돌을 내려둔다. 돌은 어디로든 굴러가지 않고 얌전히 놓여 있다. 여인은 돌을 노려보다가 이내 정원으로 걸어 들어간다. 비어 있는 걸 알면서도 우편함을 슬쩍 열어 보는 것도 잊지 않는다.

몇 날 며칠, 돌은 그 자리에 있다. 화창한 날에는 여인이 가끔 정원에 물을 준다. 분무기로 물을 뿌리면 돌의 표면에 들러붙어 있던 모래 먼지가 물에 쓸려 내려간다. 거칠고 마른 표면이 물에 젖어 가는 걸 바라보면서 뭔가를 기르는 일은 대개 즐겁다는 생각을 잠깐씩 하기도 한다. 하지만 여인은 기쁨이 오래 지속되지 않으리란 걸 알고 있다. 그런 종류의 감정들로는 온전히 일상을 이루기도 전에 금방 혼자가 되어 버리곤 했으니까.

돌이 사라지던 날, 그날도 여인은 정원을 가꾸는 일에 한창이었다.

저 길 너머에선 언제나 당신이 보여.

정원 안쪽으로 누군가 걸어 들어온다. 발소리가 들려오는 쪽으로 몸을 돌리자 거긴 자신과 비슷한 차림새를 한 또 다른 여인이 있다. 그녀는 발목까지 오는 긴 원피스 위로 하얀 앞치마를 하고 있다. 세탁을 하고서 잘 다려진 앞치마에는 어떤 얼룩이나 주름도 없다. 그녀는 마치 여기가 제 집인 양 들어와 한가롭게 정원을 둘러본다. 나무 기둥을 쓸어 보거나 낙엽을 밟아 부스러트린다. 연못에 손을 집어넣어 물고기를 쫓아 버리기도 한다. 수면 아래로 물결이 일면서 연못은 금방 더럽혀진다. 짧은 시간 동안 구경을 마친 그녀가 여인과 눈이 마주치자 그제야 가볍게 목례를 한다.

안심해.
내 정원에 꽃은 없어.

집으로 들어온 여인이 원목 수납장을 열어 화려한 문양의 찻잔 세트를 꺼낸다. 진열된 찻잔과 그릇들은 모두 거꾸로 뒤집혀 있다. 그러니 언제든 차와 음식을 담아 내어 갈 수 있다. 여인은 정성스럽게 차를 우려낸 뒤, 그녀의 맞은편에 앉는다. 그녀는 입을 둥글게 모아 뜨거운 차를 불어 마신다. 찻잔을 받치고서 우아하게 차를 마시는 그녀의 앞치마는 여전히 말끔하다. 찻잔을 모두 비운 그녀가 여인을 향해 희미하게 미소 짓는다.

해가 저물고 그녀가 집에 돌아가고 나서야 여인은 여태 정원을 채 가꾸지 못했다는 사실을 깨닫는다. 못다 한 일을 마치기 위해 서둘러 정원으로 나간 여인이 문득 길 건너에 있는 집을 바라본다. 여태 한 번도 눈여겨 본 적 없던 이층집이다. 한눈에 보기에도 크고 화려한 아치형 창문이 끝없이 늘어서 있다. 언제나 저기서 자신을 따뜻한 눈길로 바라보았을 그녀를 떠올린다. 어쩜, 다정하기도 하지. 여인은 두 뺨을 붉게 물들이고서 잡초를 담은 자루를 질질 끌고 집으로 들어간다. 벽난로에 자루를 최대한 밀어 넣고 나서 그제야 어질러진 식탁을 치운다. 찻잔에 말라붙은 얼룩을 흐르는 물에 헹구고 뒤집어 놓는다. 먼지가 일지 않도록 주의하면서 원목 수납장을 닫는다.

마음을 다해 기르는 건
정원이 유일하다고.

그로부터 얼마 뒤 여인은 그녀의 집들이에 초대받는다. 평소보다 일찍 일어난 여인은 몸을 치장하는 일에 여념이 없다. 정성껏 다린 옷에 향수를 뿌리고 긴 머리카락에 윤기가 나도록 오일을 바르고 수차례 빗어 낸다. 조금이나마 흙이 덜 묻어 있는 구두를 골라 신는다. 애써 한 치장이 망가질까 봐 정원을 가꾸는 일 같은 건 하지 않는다.

여인은 초대의 답례로 준비한 허브를 들고 집을 나선다. 길을 건너 그녀의 집 정원에 들어서던 중에 새장이 매달려 있는 고목을 보고 잠시 걸음을 멈춘다. 빈 새장 안에 물과 모이가 보기 좋게 담긴 그릇이 가지런히 놓여 있다. 새장의 문을 저리 닫아 두었으니 뭐라도 기르고 있는 걸까. 그런 생각을 하던 와중에 현관 안쪽에서 웃음소리가 들려온다. 그 소리에 이끌려 집으로 들어가자 현관에서부터 여인들의 가녀린 목소리가 들린다. 커다란 원형 식탁에 여섯 명의 여인들이 둘러앉아 있다. 모두 발목까지 오는 긴 원피스 위로 앞치마를 한 모습이다. 여인은 자연스럽게 딱 하나 남은 빈자리로 가 앉는다.

상냥하고 친절한 나의 이웃들

일곱 명의 여인들은 차례로 돌아가며 서로의 집을 방문한다. 자신의 차례가 되면 여인들을 모두 집으로 초대해 정원을 함께 구경하고 정성스레 우려낸 차를 대접한다. 그들은 특별히 하는 일 없이 둘러앉아 차를 마시고 담소를 나눈다. 쿠키와 빵을 굽거나 과일이나 치즈를 올린 카나페를 만들어 먹기도 한다. 클래식 음악을 들으며 카드놀이를 하거나 신문에 인쇄된 틀린 그림 찾기를 하며 시간을 보낸다.

한가로운 낮.

실수로 다 태워 버린 버터쿠키가 탁자 위에 산처럼 쌓여 있다. 오븐에서 시작된 연기가 온 집안을 뒤덮고 있다. 집 안 창문이 죄다 닫혀 있으니 나아질 기미가 없다. 여인들의 얼굴이 온통 희미해져서 서로의 표정을 보지 못한다. 그저 나른하게 의자에 기대어 앉아 허공을 바라보며 미소 짓는다.

연기가 끝도 없이 부양하고 있어.
아득해지고 있는 걸까.

한 여인이 바닥에 굴러다니던 술병 하나를 집어 든다. 자신의 술잔에 술을 가득 따르고 입안에 털어 낸다. 그렇게 비워진 술병이 다시 바닥을 굴러간다. 멀리 굴러가기도 전에 다른 이가 술병을 집어 든다. 그녀는 술병에 술이 다 떨어진 걸 알아차리고 끝없이 절망한다. 검게 탄 버터쿠키를 조각내 눈두덩에 올린다. 주위가 믿을 수 없을 만큼 어두워져 버려서 곧 잠이 들어간다.

오직 한 여인이 창문 너머로 바깥을 바라본다. 그걸 본 여인들은 서로의 귀에 대고 몰래 속삭인다. 쟤 좀 봐, 정원을 그리워하고 있어. 여인들은 손수건으로 입을 가리고 창문을 일제히 열어젖힌다. 거실에 난 창문 네 쌍이 한꺼번에 활짝 열린다. 그러자 바깥을 내다보던 여인의 얼굴이 금방이라도 비명을 지를 것처럼 새하얗게 질린다.

거기 베레모를 푹 눌러쓴 군인이 정원을 가로질러 간다. 그의 걸음은 아주 곧고 바르며 조금의 흐트러짐도 없다. 금방이라도 적의 목에 총을 겨눌 것처럼 위엄 있고 장중해 보인다. 여인들은 창문에 매달려 숨을 죽이고 그 광경을 훔쳐본다. 얼굴이 새하얗게 질린 여인이 서둘러 창문을 닫고 커튼을 친다.

군인이 나아가는 방향으로
테러가 난다고 해.

여인이 다른 여인들의 눈을 차례로 맞추며 힘주어 말한다. 순간 잠이 들었던 여인이 슬며시 눈을 뜬다. 검은 조각을 여전히 눈두덩에 올리고서 입술을 쩍 벌린다.

안심해, 처음부터
내 정원에 꽃은 없었어.

여인들은 커튼이 쳐진 창문을 하염없이 바라본다. 베레모를 푹 눌러쓴 군인은 이미 마을을 떠나고 없다. 마을을 떠나본 적이 없기에 여인들은 군인의 행방을 모른다. 한동안 침묵이 지속된다. 하루도 잊어 본 적 없는 얼굴을 저마다 떠올린다. 마음을 다해 기르고 가꾸었던 모든 것들에는 각자 지어준 이름이 있다. 입술 끝으로 발음하기도 전에 곁을 떠나곤

했지만. 마을의 여인들은 그런 슬픔을 하나쯤 안고 살아간다. 그들의 얼굴이 차갑게 식은 버터쿠키처럼 딱딱하게 굳는다.

창문을 닫아 버려서 다시, 연기가 부양하고 있다.

여인들은 서둘러 집에 돌아갈 준비를 한다. 리본 브로치를 가슴에 달고 보석 장식이 달린 구두를 신는다. 의자에 잘 개어 걸어 둔 숄을 어깨에 두르고 전신 거울에 제 모습을 비춰 본다. 기꺼이 초대해 준 여인의 두 뺨에 키스를 하는 것도 잊지 않는다.

여인들은 해가 저무는 정원을 지나 집에 돌아간다. 현관문을 꼼꼼히 잠그고 저마다의 밤을 준비한다. 원형 촛대에 양초를 끼우고 불을 붙인다. 욕조에 더운 물을 받아 놓고 버섯을 넣은 수프를 끓인다. 창가에 서서 길을 오가는 이가 있는지 살핀다. 길을 비추던 가로등이 다 꺼지고 나서야 창을 닫고 커튼을 친다. 수프를 그릇에 가득 담아 빵과 함께 곁들여 먹고 다 식어 미지근해진 물에 거품을 풀어 욕조에 몸을 담근다. 물과 함께 거품이 욕조 바깥으로 밀려난다. 푸른 타일 위에 놓인 양초가 녹아 내리고 있다. 이렇듯, 밤은 언제나 혼자다.

배웅을 마친 여인이 정원으로 걸어 들어온다. 군인이 밟고 지나간 자리마다 잔디가 깊게 패여 있다. 정원에 둘러진 울타리가 일부 망가져 있기도 하다. 연못 안에 배를 뒤집고 죽어 있는 물고기를 여인이 손으로 건져 낸다. 손바닥 위에서 물고기는 미동도 없이 죽어 있다. 혹여나 물고기가 미끄러질까 양손으로 잘 감싸쥔 채로 집에 들어간다. 마을에 정원을 가꾸는 이는 이제 아무도 없다.

여인은 집에 들어와 벽난로 안에 불을 지핀다. 잡초로 가득 채워진 자루가 타오르며 거실의 찬 공기를 데우고 주위를 환하게 비춘다. 모두가 돌아간 집 안은 아주 엉망이 되어 있다. 빈 술병이 여전히 바닥을 뒹굴고 식탁의 자리마다 트럼프 카드가 질서 없이 놓여 있다. 여인은 손에 쥐고 있던 물고기를 벽난로 속으로 던진다. 불 속으로 사라진 물고기에게로 불길이 고요하고 빠르게 옮겨 붙기 시작한다. 벽난로를 향해 앉아 있는 여인의 두 뺨이 붉게 물들어 간다. 몸이 나른해진 채로 잠에 빠져들며 아무도 모르게 미소 짓는다.

저 길 너머에서 누가 문을 두드려.

나는 아득해지고 있어.

김수온 **소설가**
발표한 작품으로 소설집 『한 폭의 빛』(문학과지성사, 2021)
공저작 『소설 보다: 봄 2019』(문학과지성사, 2019)가 있다.

시詩소설小說인人가家소설小說시詩인가人家

五人여성민家「밤에 해변에」詩小說시소설

發表作발표작詩集시집『에로틱한 찰리』(문학동네, 2015)

小說集소설집『부드러움과 해변의 신』(민음사, 2019)발표작發表作

“아름다운 트럼펫 소리가 점점 더 분명하게 울려 퍼졌다.
밤에 해변에.”

애인과 시인과 독일인. 그렇게 세 사람이 누워 담배를 피웠다.

밤에 해변에.

아름다워. 구름을 봐요. 어디선가 몰려오는 구름. 밤인데도 해변인데도 구름은 이렇게. 구름은 얼음인가 봐. 녹으며 형태를 바꿔요. 개처럼도 흐르고 개의 머리와 개의 머리가 섞여요. 애인이 일어나 몇 걸음 다시 걸었다. 파인애플을 파는 사람이 해변에 서서 파인애플을 팔고 있었다. 이 달콤한 향기. 모두가 들을 수 있는 목소리로 독일인은 말하고 구름을 보며 시인은 앉아 있고 파인애플을 파는 사람은 파인애플을 팔았다. 누군가 에어플레인, 에어플레인, 하고 외쳐서 독일인과 애인과 시인과 파인애플 파는 사람이 거의 동시에 하늘을 올려다보았지만 아무것도 보이지 않았고 야구공 하나가 에어플레인처럼 그들 사이를 날아갔다.

신이 담배를 배우나 봐요. 구름. 하늘의 밤을 보며 앉아 있던 시인이 말했다. 입 안에 연기가 가득한 동안 우리는 그의 입을 바라보고 있죠. 이렇게.

밤에 해변에. 무엇을 파는 사람들이 많았다. 담배. 야구공. 아카시아. 파이프와 수도꼭지 따위를 파는 사람은 야구공을 파는 사람 옆에서 잠들어 있다.

독일 같아. 사람들을 따라 파도가 밀려오는 곳까지 갔던 독일인이 두 사람 곁으로 돌아와 있었다. 야구공 파는 사람 곁에 누워 잠든 여인과 아이를 보며 그가 말했다.

독일 같아.

뭐가 독일 같아요? 밤공기? 해변?

있는 것. 곧 없는 것. 내게 부어진 시간의 느낌. 지나가는 것. 내게서 멈춘 것. 독일에 간 적은 없지만. 당연히 독일의 해변에 가 본 적도 없고. 그러니까 독일의 해변이 아니라 그냥 독일 같아. 당신이 말한 구름처럼. 여기서 잠시 섞인. 개의 머리. 뭐라 말할 수 없군요. 미안해요.

아니요. 미안할 건 없어요. 팔베개를 하고 누우며 애인이 말했다. 당신이 독일이라면 독일인 거죠. 당신이 독일에 와 있는 것 같은 느낌이라는 말이잖아요. 독일이 당신에게 와 있거나.

아니요. 그런 말이 아니에요. 비슷하긴 하지만. 그리고 독일인은 무언가 더 말할 것처럼 하지만 아무것도 말할 게 없는 것처럼 곤란해했다. 아무튼 독일.

나도 그런 생각을 한 적이 있어요. 누군가와 사랑에 빠졌을 때인 데 내 사랑이 독일인의 사랑 같다는. 아마 책을 읽었기 때문인지도 몰라요. 어쩌면 정말 독일 사람과 연애를 한 적이 있었는지도 몰라. 잘 기억나지는 않지만. 틀림없어요. 나는 아마 독일 사람과 사랑에 빠졌을 거야.

사랑은 모르겠지만. 독일인이 말했다. 독일 같아.

독일은 아닐 거예요. 시인이 말했다. 독일은 아니에요.

어째서요.

구름을 봐요. 저기 파인애플을 파는 사람. 야구공. 이런 슬픔은

독일과는 달라. 독일은.

독일은.

이런 밤과는 달라. 독일은.

독일은. 사랑은. 음. 그럴 수도. 모르겠어요. 독일은. 당신 생각은 어때요?

나는 그냥. 애인이 야구공 파는 사람 곁에 앉아 소매로 야구공을 하나씩 닦고 있었다. 야구공은 더럽지 않았지만 야구공을 닦자 윤이 났다. 사과처럼. 야구공이 좋아. 내가 말했나요. 나는 아침에 일어나면 야구장에 가고 야구공이 날아오기를 기다리며 그 앞에 앉아 있어요. 그 시간이 좋아. 앉아서 무언가를 기다리는 시간. 기다리지 않아도 좋아요. 아무튼

앉아서 누군가 야구공을 찾으러 오면 야구공을 주워 그에게 주죠. 그리고 그 사람을 몹시 좋아하게 돼요.

구름 같군요. 시인이 말했다.

내가 그래요?

구름이 그래요. 어떤 생각을 지금부터 생각하게 해. 어떤 생각을 지금까지 생각하게도 하고.

그게 다른 말일까.

모르겠어요. 구름은 어디서 오는 걸까. 어려서 그 생각을 했는데 그 생각을 지금까지 하고 있다니까. 지금부터 그 생각을 생각하기도 하고. 정말 구름은 어디서 오는 걸까.

어딘가. 따뜻한 주머니가 있겠지. 따뜻하고 부드러운 주머니가.

아주 커다란 주머니여야 하겠군요.

클 필요는 없어요. 형태는 있지만 구름이 딱딱한 사물은 아니니까. 그렇다고 추상은 아니잖아요. 추상일까. 고흐처럼. 고흐는 그랬지. 형태가 있는 추상을 추구했지. 어디선가 읽은 기억이 나요.

나는 읽어 보지 못 했어요. 하지만 당신 말은 맞아요. 나 역시 어떤 생각을 지금까지 했지만. 그 생각을 지금부터 생각하게 됐으니까.

뭘까요. 구름. 울음. 뭘까.

독일. 독일을 생각하고 있어요. 독일인이 말했다. 지금 막 독일을 생각하게 됐어요. 독일 사람. 독일인의 사랑. 독일의 납. 독일의 꽃. 그냥 독일.

그냥 독일.

종로.

종로? 그냥 종로?

모르겠어요. 시인이 바람에 날린 머리칼을 쓸며 말했다. 무슨 종로인지. 종로에 가 보고 싶어.

나는 종로서적.

종로서적이 종로에 있을까요?

있겠죠. 종로니까. 종로서적. 종로담배. 종로사랑.

종로이별.

나는 대부분이 비어 있는 종로에 가고 싶어. 시인이 다시 손으로 머리칼을 쓸어 올렸다. 대부분이 비어 있는 종로. 휴가를 가는 거예요. 4분의 3이 8분의 7이 빈 종로로. 책도 읽고 도시락도 먹고 야구도 하고 담배도 피우고. 시인은 휴가를 떠나는 것처럼 시늉을 해 보였다. 종로는 어디일까. 종로의 대부분이 종로를 생각하며 종로를 따라 걷는 거예요. 기도하는 거예요. 신이 있다면 종로에 있겠죠.

그럼 다음엔 해변에 오지 말고 종로 가요. 종로서적 가요. 대부분이 비어 있는 종로 가요.

그냥 종로.

그냥 종로라고 세 사람이 한 번씩 입 속에 넣어 말했다. 그때 해변 한 가운데 어떤 형상이 생겨나고 있었다. 일렁이는 바람 같기도 했고 바람에 흔들리는 나무 같기도 했다. 나무가 아닌 것도 같았는데 그것은 점점 밝아지는 듯 보였다.

밤에 해변에.

알 수 있는 것이 있고 알 수 없는 것이 있어서. 그냥 독일이 있고 구름이 있어서. 야구공을 파는 사람이 있었다.

우리 이것을 던져요. 애인이 말했다. 해변에선 야구를 해야죠.

하지만 밤인 걸요. 야구공이 어디론가 사라지고 말 거예요.

그럼 어때요. 여기 이렇게 야구공이 많은데. 야구공은 담배연기 같아. 던지면 사라져.

나는 스웨터 같다고 생각했는데.

왜요.

글쎄요. 독일인이 야구공을 하나 들어 손으로 만지작거렸다. 실밥 때문일 수도 있겠죠. 어쨌든 나는 야구공을 보면 스웨터 생각이 납니다.

난. 시인이 야구공 실밥에 손가락을 얹고 마운드에 선 투수처럼 야구공 던지는 시늉을 했다.

나는, 프랑켄슈타인.

프랑켄슈타인.

그럼 우리 프랑켄슈타인을 던져요.

애인이 먼저 일어나 야구공을 던졌다. 잘 가. 프랑켄슈타인. 애인이 던진 야구공은 곧 사라졌다. 안녕. 프랑켄슈타인. 시인이 던진 야구공도 어디론가 사라졌다. 스웨터 입은 프랑켄슈타인. 독일인도 야구공을 던졌다. 애인이 던지고 독일인이 던지고 시인이 또 던졌다. 잘 가. 잘 가. 잘 가. 담배 피우는 프랑켄슈타인. 그냥 프랑켄슈타인. 그냥 스웨터 입은 그냥 프랑켄슈타인. 잠시 귀를 기울이기도 했지만 야구공 떨어지는 소리가 들리지 않았다. 이번엔 우리 다 함께 던져요. 애인이 말해서 애인과 시인과 독일인이 함께 야구공을 던졌다. 세 사람은 또 귀를 기울이며 서 있었고 어디에서도 아무 소리도 들리지 않아서 계속 야구공을 던졌다.

아. 힘들어. 나는 이제 지쳤어요. 팔도 아프고. 머리어깨무릎발무릎발 다 아파.

그럼 우리 담배나 피워요.

좋아라. 그래요. 담배 피워요. 해변에선 담배를 피워야죠. 아. 우리 신발을 벗어요. 해변이니까. 당신들. 맨발로 담배 피워 봤어요?

아니요.

밤에 해변에. 그렇게 세 사람이 맨발로 걸으며 담배를 피웠다. 연기를 뱉으면 연기가 맨발 위에서 발을 타고 휘돌다 사라졌다. 그리고 다시 손을 감싸며 연기가 생겨났다. 야구공 같아.

플라잉 낚시 같아.

그리워.

애인과 시인과 독일인이 동시에 고개를 끄덕였다. 한 사람이 담배를 피우면 세 사람이 함께 피웠다. 연기가 플라잉 낚시처럼 길게 해변으로 날아갔다.

왜 이걸 몰랐을까. 맨발로 담배 피우는 맛. 좋아라.

밤의 모래가 발가락 사이로 기어 올라왔다. 발에서 모래가 반짝였다. 아름다워. 우리.

해변은 언제까지 계속 될까. 모르겠어요. 밤은. 이 밤은 어디까지 계속 되려나. 모르겠어요. 걸으니까 더 모르겠어요. 하지만. 누군가 말했다. 이해하면 되는 것 아닐까. 우리가 우리를. 그래서 두려워. 이해할 수 있어서. 우리가 우리를. 그런 대화들. 밤에 해변에. 누구나 나누는 대화들. 대답하면서 대답하지 않으면서 애인과 시인과 독일인이 해변을 걸었다. 담배를 피우고 파인애플을 사 먹었다. 달콤한 향기. 해변 저쪽에서 불빛들이 가물거렸다. 밤의 한 곳에 수도꼭지가 생긴 것처럼 수많은 수도꼭지가 생긴 것처럼 천 명이 만 명이 하나씩 수도꼭지를 열고 잠그는 것처럼 불빛이 하나씩 나타났다 사라지고 다시 나타났다 가물거렸다. 달콤한 향기.

그리고 세 사람이 파인애플 파는 사람이 있던 곳까지 다시 걸어왔을 때 파인애플 파는 사람이 없다는 것을 알았다. 그것이 이상해서 아이에게 물었지만 아이는 모른다고. 여자도 모른다고. 파인애플 파는 사람은 한 번도 본 적이 없다고.

그럼 우리가 먹은 파인애플은 뭘까.

달콤한 향기는.

밤에 해변에. 그런 일이 있었다. 아무 일도 아닌 일이. 아카시아 나무에게 가요. 아무 일도 아니어서 세 사람은 해변에 있는 아카시아 나무를 찾아 갔다. 아까시 나무가 맞아요.

알아요. 하지만 아카시아라는 말이 더 좋아. 아카시아, 하면 아카시아 꽃 속에서 길이 열리는 것 같아. 그 길로 누가 다가올 것 같아. 누가 숨어서 다가오는 사람에게 노랠 불러 줄 것 같아. 그럼 아카시아 나무라고 하죠. 누가 노래 좀 해 봐요. 나무 아래 누워 세 사람이 야구공을 던졌고 노래를 불렀다. 누가 다가오고 있어요? 아니요. 누가 숨어 있어요? 아니요. 노래를 크게 해 봐요. 연기가 나무를 타고 올라가 가지 사이에서 사라졌다. 나무가 꽃과 연기에 휩싸였다. 연기 나무 같아. 아카시아 꽃잎과 연기와 야구공이 섞여 어디론가 흘러가고 돌아왔다. 면사포 같아.

그럼 우리 결혼해요.

그리워요.

우리 다시 야구공 던져요. 멀리. 야구공 던지다 죽고 싶어.

난 담배 피우다. 담배 피우고 싶어서 태어났으니까. 나는 사실 엄마 자궁에서 담배 피우다 쫓겨났어요. 세 사람이 깔깔깔 웃었다. 해변 어디에선가 흐느끼는 소리가 들렸다. 바람 소리 같기도 했고 폭죽 소리 같기도 했다.

나는 죽고 싶지 않아. 그냥 사라지고 싶어. 어느 날 해변을 걷다가 해변에서 반짝이는 것들과 함께 사라지는 거야. 해변은 그렇잖아. 무언가 많은 것들이 반짝이다가 한 순간에 사라지잖아. 그런데 무엇이 그렇게 반짝이는 걸까. 뭘까.

죽은 것들.

산 것들.

우리 몸에서 떨어진 것들.

저 멀리서, 먼 곳에서, 끝없이 멀고 먼 곳에서 온 것들. 평생 온 것들. 평생 가는 것들. 사랑하다 버린 것들. 반짝이는 것들. 손에서 반짝이는 것들. 그런 것들. 납. 작별. 안녕이란 말 대신. 몸에서 떨어진 것들. 손에서 떨어진 것들. 눈에서 떨어진 것들. 안녕이란 말 대신. 아카시아. 별. 아카시아.

그 향기는 뭔가요.

밤에 해변에.

야구공.

이해해. 누군가 말했다. 이해해. 또 누군가 말했다. 이해할 수 있어서 두려워. 누군가, 알아들을 수 없게, 누군가 말했다.

그 향기는 뭔가요.

뭘까.

프랑켄슈타인.

뭘까. 뭘까. 미치도록 한쪽으로 흘러가는 이것.

밤에 해변에. 연기가 끝없이 흘러갔다. 밤의 저쪽으로 평생 가려는 것처럼 연기가 연기를 타고 흘렀다. 오늘 사라지는, 웨딩드레스처럼, 해변에서 사라지는, 그 향기는 뭔가요.

하지만 반짝이는데. 누군가 말했다.

누군가 말하고 있을 때 파이프와 수도꼭지 따위를 팔던 아이가 일어나 해변으로 갔다. 아이는 파이프를 하나씩 연결했다. 파이프와 파이프와 파이프를 연결하는 아이 곁에서 여자는 바다를 바라보며 서 있었다. 파이프를 연결한 아이가 파이프를 입에 물었다.

아름다운 트럼펫 소리가 점점 더 분명하게 울려 퍼졌다.

밤에 해변에.

여성민 **시인·소설가**
발표한 작품으로 시집『에로틱한 찰리』(문학동네, 2015)
소설집『부드러움과 해변의 신』(민음사, 2019)이 있다.

시詩소설小說인人가家소설小說시詩인가人家

六人임현家「미망」詩小說시소설

發表作발표작小說集소설집『그들의 이해관계』(문학동네, 2022)

小說選소설선『당신과 다른 나』(현대문학, 2019)발표작發表作

“덜 추운 곳을 상상한다. 부리를 가졌다.
말하지 않는 입.”

마늘을 까다가 당신 생각을 한다.

분명한 세계가 되어 따로 나눠어진 우리가 병을 앓고 처방받으며 점점 다른 것으로 살아남을 때. 손톱을 깎다가 빠진 머리카락을 세다가 한때 나였던 것들을 가만 바라보다가 내가 있는 이쪽은 어떤 내가 빠져나간 빈자리. 마늘을 까는데 당신이 수북해진다.

헤어진 애인은 다시 헤어질 수 없어서 슬프고

당신은 무얼 준비하는 사람처럼 바깥쪽을 향해 신발을 정리하는 버릇을 가졌다. 나는 여전히 이불을 사람처럼 끌어안는다. 이제는 무얼 심어도 기대하지 않는다. 죽은 화분은 주워 오는 게 아니고 이웃의 개를 조심해야 한다. 함부로 쓰다듬지 말아야 한다. 누가 죽어 하필 이것이 되었나. 거울을 보다가 거기 누가 더 있는 것 같다.

유리벽 앞에 서면 수심 깊은 곳의 어종처럼 속이 비쳤다. 상가의 물건들이 내장이 되었고 제과점 앞에서 갓 구운 부레를 달고 있을 때가 제일 좋았다. 심심한 오후엔 자전거 가게에서 체인처럼 감겨 있는 창자를 구경했다. 어디로든 굴러다니고 싶었다.

재채기를 하면 자꾸 무언가를 잃어버렸다. 수천 개의 아가미들이 비늘을 풀고 헤엄쳐 갔다. 손안에 가두려 움켜쥐면 지느러미가 건드리고 간 자리마다 손금이 어지럽게 돋아났다. 잎맥처럼 보이기도 하고, 물결 같기도 하고, 누군가 있지도 않은 수초를 보았다고도 했다. 세상의 피리들은 얼마나 많은 재채기를 뱉어 냈기에 구멍 속에 음계를 갖는 것일까, 생각하면 몸 안의 뼈들은 가벼워지다 투명해졌고 내가 다 잃어버린 것들의 발자국이 기억나지 않았다.

웅덩이를 밟는 날엔 나는 섬이 되기도 했다. 주변이 흘러가는지 내가 떠내려가는지 피라미 떼 몰려들 듯 바람 불어 섬의 나무들이 흔들거렸다. 그게 오래전 앓던 내 조상의 병

력 같기도 하고 간지럼 타는 교성 같기도 하고 죽은 아가미 빛 저녁이 찰박찰박 밀려오면 누군가 부표처럼 비린 골목을 떠다니는 나를 보았다고 했다.

어제는 자정의 상가 앞에서 그만 살고 싶다, 말하는 입 모양을 유심히 들여다보았다. 은행나무 짙은 그늘도 무럭무럭 자란다. 잎맥 굵어 맥박 소리 울리는 안기기 좋은 품. 기대만큼 오래 살았다. 아귀가 틀어진 서랍장. 밀어도 품지 않고 당겨도 더 내보이지 않았다.

온몸으로 끌어안아 벌어지는 데 없이 몸에 꼭 맞는 화분 하나쯤 그리워 호주머니에 주먹을 심는다. 완벽하게 감춰질 날을 바란다. 한밤의 화원 앞을 지나며 어두운 골목마다 모두 내가 키운 그늘들이야. 그림자를 밀어넣는다. 새로 산 화분 속에 모종을 옮겨 심듯 새벽이 큰 쌈처럼 상가를 두른다.

당신과 내가 질긴 고기를 씹던 날. 염통은 심장보다 뜨거운 날말. 쌈을 건네며 낯선 메뉴처럼 웃는 당신과 물컹한 대화가 불판에서 익어 간다. 상추와 깻잎을 포개어 마늘을 씹고 오돌뼈보다 하얀 어금니를 씹는다. 이 질긴 식탐으로 우리는 오래 말없이.

어디든 들어가고 싶어한 건 너였다. 바깥에선 안이 보이지 않는다. 주먹 속에 손금 같은 거, 네가 보는 내 뒤편, 수면 아래의 깊이, 마음에도 없는 진짜 마음 같은 그런 거. 들리는 것을 함께 들을 때 너는 다른 것을 듣는 것 같다. 보이는 것을 함께 보는데 너는 보이지 않는다. 그럴 때 우리는 우리의 바깥으로 뻗어 간 것일까. 내부로 뿌리내린 것일까. 쏟아지는 것처럼 그림자가 길어진다. 이렇게 캄캄한 게 몸 안에 살고 있어서.

콩나물을 집을 때 결국 들통나고야 마는 당신의 서툰 젓가락질과 서로 어긋나 마주치지도 못하는 것들과 양면을 고루 뒤집어도 똑같이 구워지지 못하는, 이런 것도 한 쌍이라고 부를 수 있을까. 내가 집어 건네준 것들을 당신은 하얀 밥 무덤 속에 잘 숨긴다. 당신의 얕은 호주머니엔 내가 모르는 것들이 많아. 불룩해진 양볼 가득 해야 할 말을 숨긴 채 모자를 쓴 당신과 양말뿐인 내가 고기를 씹는다. 꾸덕꾸덕 식은 비계를 긁어내며 이 질긴 마술에 주문을 외듯 오래.

케이블에선 종일 서부 영화가 방영되는 중이다. 악당들의 멋있는 모자와 굵은 수염이 무거워 보인다. 또 다른 채널에서는 턱을 쓰다듬는 남자가 나오고 일주일째 배수구가 막힌 가정이 있다. 이번 생은 권총과 권태 모두 치명적이다.

사진 속의 당신은 예쁜 어금니. 벽지의 무늬를 닮아 평면

적으로 아름답다. 납작한 그림자가 등 뒤에서 튀어나와 욕실로 식탁으로 천장에 매달려 걸어 다닐 때 당신의 등골은 입체적으로 움푹하다. 언젠가 놀라운 마술처럼 사라져 버릴 거란 생각.

팔과 몸통, 다리와 머리 순으로 우글대는 허기가 나를 삼켰다. 벽마다 나로부터 전염된 젖은 수건들. 머리가 빠지고 뒤꿈치가 조금 닳았다. 나는 지워진 채로 태어난 뒷면. 당신을 닮은 내 뒷모습도 매일 허전하다. 욕실에서 걸어 나온 발바닥이 덜 지워진 신체 기관을 흘리며 방안으로 들어간다. 당신은 개수대에서 나를 지우는 중이다.

어떤 열변가의 논리는 거품을 물어야 한다네. 듣지 않는 청중은 오래된 세면도구 같아. 꾹 눌러도 호응하지 않는 이빨보다 넓은 칫솔로 입을 지우지. 치댈수록 부푸는 슬픔. 스스로가 스스로를 증식하고, 위대한 마술가는 무엇이든 사라지게 한다지.

이번엔 되도록 멀리 도망가란 말이야. 둘이 있는 방에 누가 또 있는 것 같아 창문을 열면 점들이 날아다녔다. 마음이 곤충이라면 좋겠다. 아직 자라지도 않은 배를 문지르며 너는 자꾸 들린다고 하고 어디서 이 많은 것들이 태어났을까. 둘이 누우면 딱 맞는 매트에서 함께 점을 센다. 배꼽처럼 어두운 그것들이 배꼽처럼 참 쓸데없는데도.

날아가는 것들은 분명 날아다니고 무언가 잡힌 것 같은데 펼쳐 보면 없었다. 정말 없는 것처럼 빈손을 활짝 열어도 너는 자꾸 보인다고 했다. 나의 어떤 각도를 알았는지. 밖은 어둡고 창틀에 기댄 너를 안으면 어디선가 우리도 하나의 점처럼 보일 것이다. 창문을 닫자 둘이 있는 방에 아무도 없는 것 같았다.

계단에 기대 잠드는 날에는 여러 장 접힌 꿈속에 당신도 있었다. 당신의 빗장은 한 번도 열려 본 적 없으나 비어 있었다. 처음부터 텅 빈 가슴팍에 등골이 비치고, 실내는 마른 손가락 같았다. 서둘러 그린 밑그림처럼 간략했으므로 비어 있는 것이 곧 배경이 되었다. 보풀이 많은 옷일수록 긴 하품처럼 뭉개졌는데

소매를 만지며 깨곤 했다. 단추는 누르는 게 아니라 채워야 하는 것. 징검다리를 놓듯 목젖에서 배꼽까지 길을 이으면 내 몸의 살결들이 조금 부풀었다. 어깨로 허리로 그것들이 매달려 있는 줄 알았으나 내가 그 안을 채우고 있다는 걸 누구도 입지 않는 나를 허물어뜨린 후에 알았다. 내안에 열리지 않는 빗장을 들인 후, 기호처럼 알맞은 자리를 채우고 모든 포즈가 멈췄다.

어쩌면 거창한 이별을 생각했을 수도 있다.

당신도 다른 무언가의 북향이겠지. 나와 당신 사이에 갈 수 없는 도래지가 있다고 생각해. 한 벌의 수저가 매번 같은 자리에 놓인다. 당신을 애완이라고 부른 후, 울음소리를 잃어버렸다. 별명을 지어 부르는 건 우리의 놀이. 장난감일 때 나는 바뀌지 않는 표정을 만들었다. 부엌이 되고 온종일 당신만 생각해. 청둥오리는 먼 조상의 이름처럼 들린다.

수도관을 따라 초식동물의 울음 같은 것이 들리는 밤이다. 유목의 전통은 바람이 아니라 탑에 있었으므로 뒤꿈치를 단단하게 만들어 언땅을 건너는 부족들. 쌓아 올리는 것만으로 모두 종교가 된다. 지루한 툰드라의 우기에 맞춰 돌을 포개는 아버지와 백야가 잠을 거두어 꿈마저 추운 여름날. 뚜껑 없는 솥에 어미는 민물고기를 삶는다. 순록들이 울던 새벽에 나가 돌아오지 않는 친족을 걱정하며 잔가시를 발라 내는 중이다. 그날, 요란했던 오줌소리를 기억했는데 오래된 질병처럼 허기가 밀려온다. 남은 뼈를 모아 내일의 운세를 점칠 것이다. 묵은 점괘가 땅에 가득했다.

뿔을 붙잡고 순록의 귀를 베는 어린 자녀들. 연골을 씹으며 불을 피운다. 이곳에서 지표면을 데우는 일은 태양의 몫이 아니고 광활한 계절을 물려받은 유목의 후예가 숨을 불어

넣으면 가장 낮은 풀들이 싹을 틔웠다. 다시 비가 내리고 젖은 연기들이 구름의 허파 쪽으로 솟아오르면 저물지 않는 한낮의 별을 따라 다음 행로를 가늠하는 것이다.

웅덩이를 밟고 섬이 되어 버린 나무들의 무덤, 바람 불면 들리는 밭은 기침 소리. 가 보지 못한 곳의 이름을 배우러 멀리 당신을 따라 걸었다. 캄캄한 뒤통수를 따라 식탁처럼 평화롭고 납작한 세계로. 자정 쪽으로. 베어 먹은 이빨자국 구름이 철새들을 따라 다닌다. 덜 추운 곳을 상상한다. 부리를 가졌다. 말하지 않는 입.

임현 **소설가**
발표한 작품으로 소설집『그들의 이해관계』(문학동네, 2022)
소설선『당신과 다른 나』(현대문학, 2019)가 있다.

시詩소설小說인人가家소설小說시詩인가人家

七人**정지돈**家**「프랑크 헨젤」**詩小說시소설

發表作발표작長篇小說장편소설『…스크롤!』(민음사, 2022)

長篇小說장편소설『모든 것은 영원했다』(문학과지성사, 2020)발표작發表作

"〈얼굴 없는 눈〉은 정체성과 인간의 비통함에
대한 영화입니다."

프랑크 헨젤은 기묘한 사람이었다. 제2차 세계 대전이 발발 초기에 프랑스 인들에게 '기묘한 전쟁'이라고 불린 것처럼, 전형적인 게르만인이자 나치 당원인 헨젤 역시 기묘했다. 1934년 제국 필름 아카이브가 육군 소령 프랑크 헨젤을 파리로 급파했을 때만 해도 조르주 프랑주는 그를 다소 뻣뻣하고 경직된 사람이지만 미남에 호감형이라고 생각했다. 반면 앙리는 그를 투명 인간형 인간이라고 했다. 생각은 하지만 말은 하지 않고 시키는 건 하지만 먼저 움직이지 않는 인간, 보는 건 좋아하지만 보러 가는 건 좋아하지 않는 작자.

시켜먹기 좋겠군.

앙리는 본래부터 독재자 같은 구석이 있었고 사람들을 부려먹기 좋아했다. 소파나 침대에 누워 단 것을 잔뜩 먹으면서 기름진 손가락으로 노트의 이곳저곳을 가리키며 말했다.

서둘러!

물론 본인은 한 발짝도 움직이지 않았다.

앙리는 날이 갈수록 살이 쪘지만 프랑크 헨젤과 조르주는 전혀 살이 찌지 않았다. 살이 찔 자격이 있는 사람은 몇 명 없어. 장 르누아르, 알프레드 히치콕, 장 가방 그리고 나, 앙리 랑글루아. 그의 몸은 그렇게 말하는 것 같았고 프랑크 헨젤은 이렇다 반문하지 않았다.

영국인 어머니와 독일인 아버지 사이에 태어난 헨젤은 여행과 영화를 좋아했다. 그래서 제국 운수성과 필름 아카이브에 자원했고 유럽을 돌아다니며 버려진 필름과 포스터, 촬영 소품 등을 수집했다. 영화란 본래 돌아다니는 것에 관한 것이고 여행은 본래 수집하는 행위를 말하는 것입니다. 이동과 아카이빙. 헨젤은 훗날 나치 전력을 숨기고 서커스단을 운영하며 쓴 일기에 자신의 생각을 기록했으나 출간되지 않았다고, 조르주는 말했다. 그의 일기에 치명적인 비밀이 있다거나 그런 건 아닙니다. 그저 못 썼을 따름이지요. 헨젤은 국제 필름 아카이브 연맹에서 함께 활동할 때도 영화 보는 눈이 없기로 소문이 났다. 물론 앙리는 그런 걸 신경 쓰지 않았다. 우리의 목표는 영화를 수집하는 것이었지 좋은 영화를 수집하는 게 아니었습니다. 게다가 좋은 영화라니, 그런 걸 알아볼 수 있나요. 앙리는 푀이야드가 수십 년 동안 삼류 감독 취급 받았다는 사실을 언급하며 십 년 된 삼류 영화는 있어도 오십 년 된 삼류 영화는 없다고 했지요.

어쩌면 프랑크 헨젤이 투명 인간이 된 건 그의 기묘한 어리숙함이나 둔함 때문인지도 모른다. 외모나 이력을 봤을 때 모자랄 게 없는 사람인데도 불구하고 그와 함께 있으면 사람들은 우쭐해짐을 느꼈고 대화가 시작되면 그를 제쳐 놓았다. 헨젤 본인도 그런 일에 익숙했다. 게다가 그는 파리 점령기에 시네마테크 프랑세즈를 도와 수천 개의 영화 필름을 빼돌렸는데, 조금 과장해서 죽음을 각오하지 않고는 할 수 없는 짓이었다. 그가 그런 일을 한 건 단지 좋아해서였다. 영화를 좋아하니까. 사람들은 수수께끼라고 생각했다. 루이 푀이야드나 르네 클레르, 그리피스와 스트로하임이 레오나르도 다 빈치나 들라크루아도 아닌데 목숨 걸고 지킬 필요까지야! 저 독일인은 조금 미쳤군. 그나마 다행인 건 나치들이 옛 필름에 별 관심이 없었다는 사실이다. 땔감으로 쓰면 모를까.

사이요 궁이 창고로 사용되었다. 키를 가진 사람은 조르주와 앙리 둘뿐이었다. 프랑크는 수많은 필름을 빼돌리는 데 협조했지만 공적으로 이곳에 속하지 않아야 한다고 했다. 나는 모르는 일이네. 두 사람이 알아서 하게.

조르주는 시간이 지날수록 프랑크 헨젤의 정체가 궁금해졌다. 전쟁은 1941년, 1942년을 지나며 점차 격해졌고 1943년에 이르자 그나마 안온했던 파리의 분위기는 온데간데 없었다. 레지스탕스의 활동이 폭발적으로 일어났고 나치 SD는

살벌한 표정으로 사람들을 잡아갔다. 이 판국에 헨젤은 대체 뭘하는 걸까. 육군 소령이라는 저 치는 총이라도 쏴 본 적 있나. 조르주가 보기에 헨젤의 애국심은 명백했다. 심지어 히틀러를 조금은 존경하기까지 했다. 한번은 유대인에 관해 조르주가 넌지시 물어본 적이 있다(물론 그때는 다들 홀로코스트의 존재를 확신하지 못했다). 유대인 말이야, 어떻게 생각해? 헨젤은 단호히 고개를 흔들었다. 유대인들이 고생하고 있다는 건 인정하네. 하지만 그들 민족은 구제불능이네. 조르주는 소름이 돋았다. 이 작자는 우리를 돕지만 언제라도 체포할 수 있겠군.

어쩌면 프랑크 헨젤은 이중 첩자인지도 몰라. 우리를 돕는 척하지만 정보를 빼내고 있는 거라고.

조르주는 앙리에게 말했다. 앙리는 대답했다.

무슨 정보? 피이야드의 〈팡토마스〉는 걸작이다? 사이요 궁의 지하는 엡스탱과 그리피스, 페이더와 스트로하임의 영화로 가득하다?

점령기 파리에는 분야별로 프랑스를 도왔던 독일인들이 있다. 루브르의 미술 작품을 보호한 메테르니히 백작, 갈리마르와 출판의 수호자인 특무장교 게하르트 헬러. 조르주는 이 둘을 만나 봤고 둘은 모든 면에서 충분히 납득 가는 인물이었다. 이들은 겉만 독일인이지 뼛속까지 프랑스인이거나 유럽의 자식이다. 히틀러를 천박한 무식쟁이로 생각했고 유대인들의 처지를 딱하게 봤다. 취향은 어찌나 고급스러운

지! 헬러가 자신보다 프랑스 소설을 많이 읽었다는 사실에 조르주는 손발을 다 들었다.

니가 읽은 소설이 쥐콩만큼이라서가 아니고?

로테 아이스너가 이죽거렸다. 조르주는 로테 역시 자신보다 많은 프랑스 소설을 읽었다는 사실을 겸허히 인정했다.

하지만 헨젤이 소설을 읽지 않는다는 사실은 변함없지. 프랑스 소설뿐 아니라 그 무엇도! 헨젤이 예술에 관해서 이야기를 꺼내는 경우는 거의 없었다.

곰곰이 생각해 보니 그가 영화를 보는지도 의심스러워.

조르주는 경악했다. 늘 헨젤의 취향이 재앙에 가깝다고, 좋게 봐서 쑥대밭이라고 생각했는데 그건 단지 그가 영화를 보지 않고 지껄였기 때문이야. 그가 말한 영화들의 제목을 보라고. 정말 외우기 쉬운 영화들이잖아?

로테와 앙리는 조르주의 가설을 지지하지 않았다. 사실 조르주의 취향도 썩 훌륭한 편은 아니라는 말은 하지 않았다.

로테는 전쟁이 발발하고 귀르의 수용소에 갇혔고 이후 몽펠리에로 도망쳐 숨어 살다가 다시 피지악Figeac으로 도망쳤다. 한번은 앙리가 니스에 가서 마담 장 브왈리에가 가지고 있는 필름을 확인해달라고 얘기했지요. SD에게 쫓기는 독일 출신의 유대인 중년 여자한테 말입니다. 대체 어떻게? 저는 당시 몽펠리에에 숨어 살았고 옥수수 전분과 하루 한 컵의 물 말고는 제대로 된 식사도 하기 힘들었어요. 그런데 앙리는 걱정 말라고 하더군요. 구세주가 갈 거라고.

제가 살던 곳은 기타르라는 노부인의 집으로 그녀는 1차 세계 대전으로 남편을 잃고 난 뒤 홀로 살던 중이었어요. 앙리에게 연락을 받고 삼일이 지난 뒤였나, 나치 군복을 입은 사내가 문을 두드렸고 기타르 부인은 심장마비에 걸릴 뻔했습니다. 알고 보니 프랑크 헨젤이었죠. 저도 기타르 부인도 나치 군복이 올 줄 몰랐어요. 레지스탕스나 비슷한 뭔가가 올 줄 알았던 거죠. 저는 헨젤의 차를 타고 니스로 향했습니다. 그는 육군 소령이었고 검문소를 손바닥 뒤집듯 손쉽게 통과했어요. 그가 물었죠.

마담 장 브왈리에의 성에 무슨 필름이 있답니까?

〈위대한 독재자〉와 소비에트 영화 몇 개요.

저는 말하고 난 뒤 아차, 하는 생각이 들었답니다. 위대한 독재자라니요! 찰리 채플린의 그 풍자적인 영화를 감히 나치 앞에서 지껄이다니! 그가 아무리 프랑크 헨젤이라고 해도 말입니다.

프랑크는 차창을 내렸어요. 그리고 담배를 피워 뭅니다. 저는 장 르누아르의 영화를 보는 것 같은 착각에 빠졌어요. 차는 〈위대한 환상〉에 나오는 마을을 향해 전진하고 있는 것처럼 느껴졌고 동정심과 죄책감, 의무감이 뒤섞인 독일 장교는 역사와 인류에 대해 생각합니다. 사소한 한 걸음에 불과한 일도 인류 역사에 큰 영향을 미칠 수 있다, 뭐 그런 걸까요?

프랑크는 저에게 베르코르의 〈바다의 침묵〉을 봤냐고 묻더군요. 저는 잠시 고민했습니다. 레지스탕스의 상징적인 소설을 봤냐고 나치에게 질문 받으면 어쩌겠어요? 덫일까요, 화해의 제스처일까요? 저는 될 대로 되라고 생각했죠. 봤어요, 물론이죠. 제가 말했습니다. 잠시 침묵이 흘렀고 헨젤이 입을 열었습니다. 소설에 나오는 나치 장교와 노인의 대화를 보면 많은 게 떠오릅니다. 우정이나 신의, 전쟁이 꺾을 수 없는 인간애. 노인과 소녀, 장교는 함께 배를 타고 떠나기로 하지만 그들을 태울 배는 오지 않습니다. 시간은 흘러가고 그들의 대화는 점점 깊어져 더 이상 장벽이 느껴지지 않을 정도가 됩니다. 유년 시절에는 국경이나 이념을 뛰어넘는 공통점이 있고 그들은 그걸 찾은 거지요. 더 이상 지체할 수 없을 정도로 체포의 손길이 다가온 어느 날, 소녀와 노인, 나치 장교는 작은 배를 타고 바다로 나서기로 합니다. 바다 어딘가에 연합군의 함선이 있다고 믿으면서요. 그러나 나치 장교는 배를 밀어서 바다로 띄워 보내고 자신은 육지에 남습니다. 노인과 소녀는 함께 가자거나, 올라 타라는 말을 하지 않아요. 그들은 침묵으로 인사를 대신합니다.

프랑크는 말을 마치고 저를 바라봤어요. 완전히 어두워진 밤이었고 우리는 몽펠리에와 니스 사이의 어딘지 모를 숲 길을 달려가고 있었어요. 저는 달빛에 번득이는 헨젤의 흰 자위를 보며 생각했습니다. 이 치는 미친 게 틀림없어. 완전히 제정신이 아니야. 왜냐하면 〈바다의 침묵〉은 전혀 그런 내용이 아니었거든요! 저는 그가 나를 떠보려고 이러는 건지 잠시 생각했지만 그건 아닌 것 같았습니다. 소설을 이야기하는 그의 모습은 평온하고 확신에 가득 차 있었어요. 그렇게 솔직하고 자연스러운 프랑크 헨젤은 처음이었습니다.

로테는 니스의 성에 무사히 도착했고 필름의 존재도 확인했다. 헨젤은 그녀를 몽펠리에가 아닌 피지악으로 데려다주었다. 몽펠리에는 더 이상 안전하지 않아요. 로테는 피지악에서 종전까지 머문다. 물론 악몽과 희극이 뒤섞인 그날 밤에 대해서는 다시는 생각하지 않는다.

조르주 프랑주는 제2차 세계 대전이 끝난 후 시네마테크에 흥미를 잃었고 이제 영화를 만들어야 할 때라고 생각했다. 장 팽르베의 제안에 따라 국립과학영화연구소에 들어갔고 짐승의 도축 장면이나 외곽의 공장 지대, 병원을 필름에 담았다. 그러나 그것들에도 서서히 흥미를 잃었다. 자, 이건 이쯤이면 됐어. 도살장의 역사는 그만 찍어도 되겠어. 프랑주는 서구 유럽은 도살장화했고 그러나 그것을 설명하면 안 된다고 생각했기 때문에 도살 다큐 삼부작을 찍었고 이제는 극영화, 라고 생각했다. 그때 떠오른 게 프랑크 헨젤이었다. 그는 헨젤의 이야기를 영화로 만들어야겠다고 결심했지만 로테나 앙리 모두 시기상조라고 말했다. 나치 동조자의 이야기는 먼 미래로 미뤄 둬. 그러나 조르주는 고집을 부렸다.

그는 헨젤을 만나기 위해 베를린으로 갔다. 알렉산더 광장의 카페에 들어가 공중 전화로 헨젤의 집에 전화를 걸었다. 중년의 남자가 전화를 받았다.

헨젤?

무슨 용건이시죠?

사내는 자신은 헨젤이 아니라 집사라고 했다. 조르주는 이게 무슨 장난인가 싶었다. 십오 년의 세월이 흘렀지만 목소리는 변함없었다. 뚝뚝 끊어지는 헨젤의 목소리였다. 장난치지 말게. 나 조르주야. 조르주가 말했지만 사내는 무뚝뚝하게 대꾸했다. 헨젤 씨는 집에 없습니다. 메시지를 남기면 전달드리겠습니다. 이쯤 되자 조르주는 소름이 돋았고 로테가 해 준 일화가 생각났다. 헨젤은 제정신이 아니야.

조르주는 베를린에 이틀 더 묵고 파리로 돌아왔다. 그는 프랑크 헨젤에 관한 영화 대신 장 르동의 소설을 각색한 공포 영화 〈얼굴 없는 눈〉을 만들었다. 영화를 보는 관객들은 불쾌감에 상영 도중 뛰쳐 나가거나 졸도했고 언론은 조르주, 장르 영화에 재능 없다는 게 밝혀져,라는 제목의 기사를 실었다. 그러나 영화는 얼마 지나지 않아 걸작의 반열에 올랐고 리메이크를 양산했다. 조르주는 한 인터뷰에서 이렇게 말했다. 이 영화는 결코 공포 영화가 아닙니다. 〈얼굴 없는 눈〉은 정체성과 인간의 비통함에 대한 영화입니다.

정지돈 **소설가**
발표한 작품으로 장편소설 『…스크롤!』(민음사, 2022)
장편소설 『모든 것은 영원했다』(문학과지성사, 2020)가 있다.

시詩소설小說인人가家소설小說시詩인가人家에필로그

人기혁家「시소설: 비어 있는 것을 규정하는 한 방식」

發表作발표작詩集시집『다음 창문에 가장 알맞은 말을 고르시오』(리메로북스, 2022)

人出版社1인출판사勞組委員長노조위원장limerobooks

시소설詩小說이라는 단어는 얼핏 시와 소설의 특정을 뒤섞어놓은 장르를 떠올리게 한다. 외국의 경우 오래전부터 시소설, 혹은 운문 소설로 번역 가능한 'verse novel'이라는 명칭을 사용해 왔으며, 국내의 경우 크로스오버crossover 형식을 표방하는 시소설 작품집이 온-오프라인 모두에서 출간된 바가 있기에 어감만 놓고 본다면 일반 독자들에게도 아주 낯설게 여겨지지는 않았던 것 같다.

그럼에도 독자들의 예상과 달리 시의 장르적 특징과 소설의 장르적 특징을 뒤섞는 작업은 뜻밖의 어려움이 뒤따른다. 시소설을 창작하기 위해선 먼저 시와 소설에 대한 장르적 규약을 확정 짓는 작업이 선행되어야 하기 때문이다. 문학 전공자나 문학에 조예가 깊은 독자라면 한 번쯤 들어보았을 미하일 바흐찐, 유리 로트만 등 러시아 구조주의 평론가들의 난해하기 그지없는 저서를 살펴보더라도 시와 소설의 분명한 경계는 잘 드러나지 않는다. 러시아 구조주의자들은 종종 소설을 규명하기 위해서 시적인 자질을, 시를 규명하기 위해서 소설적 자질이 비교하는 방식을 취한다. 그것을 토대로 시와 소설 각각의 장르가 일정한 규약에 따라 결정되는 것이 아니라, 발표 당시 작가가 부여한 성격에 가장 큰 영향을 받는다는 것을 밝혀 낸다. 이를테면 운율이나 리듬감을 전혀 찾을 수 없는 시에서 시적 특성을 찾아낸다거나, 전체가 운문으로 쓰인 소설에서 소설적 특징을 이끌어 내는 식이다. 말장난 같아 보이지만, 시는 소설이 아니기 때문에 시가 아니라, 여하한 소설적 특징에도 불구하고 시이기 때문에 시인 것이다. 소설 역시 운문이 아니기 때문에 소설이 아니라 운문적 특징에도 불구하고 소설이기 때문에 소설인 것이다. 이러한 견지에서 시소설은 시와 소설의 특징을 뒤섞는 작업이라기보다 이미 각 장르에 내재해 있는 시적 혹은 소설적 자질을 어떻게 바라볼 것인가에 대한 답변을 요구하는 작업인 셈이다.

이 책에 실린 일곱 작가의 작품들은 수년 전 계간 《모:든 시》의 시소설 코너를 통해 최초로 발표된 이후 잡지가 종간함에 따라 잊혀 있던 원고를 다시금 불러내어 각 작가의 수정과 퇴고를 거쳐 출간한 것이다. 잡지가 종간된 사이 몇몇 작품들은 전면 개작을 거쳐 단편소설이 되기도 했고, 본래

형태 그대로 초단편집에 수록되기도 했으며, 더러는 시편이 되기도 했다. (이는 시와 소설로 이분된 현재의 문학장이 새로운 장르를 어떻게 편입시켜 소비하는지 살펴볼 수 있는 중요한 사례라고 생각한다.)

이 책의 출간 전 작가들에게 요청했던 바는 시소설 청탁을 받았을 당시의 당혹스러움을 수정에 최대한 반영해 달라는 것이었다. 기교의 세련됨을 더해 달라는 요청과는 가장 거리가 먼, 각자의 문학적 경험과 믿음으로 시소설을 호명해 달라는 무척 난감한 부탁이었을 것이다. 그러한 시소설은 장르가 아닌 도전이며, 시와 소설의 기대를 모두 배신해야 하는 가면 쓴 내포 작가의 능청스러움과 절박함이 동시에 묻어나는 기록물이기도 하다. 불가능해 보이지만 시인이나 소설가 모두에게서 늘 반쯤은 잠겨있는 상태. 투명 인간의 근사한 외출복처럼 어쩌면 그것이 호명될 때에야 비로소 겉옷을 걸치고 보이지 않는 속살을 빚어내는 형식인지도 모르겠다.

하지만 소설이 아닌, 초단편이 아닌, 시편이 아닌 오직 '시소설'로 호명될 때 일어나는 변화를 마냥 낙관할 수는 없을 것이다. 장르적 변별력 없다면 호명 자체가 무의미해질 수도 있다. 다만 그러한 호명에 누군가 응답한다면, 지속적인 호명과 응답이 언젠가 대화로 발전해 나갈 수 있다면 문학장이라는 소문난 잔치상의 맛있는 부스러기쯤은 가능할 것이다.

어려운 출간 제의를 수락해 주신 일곱 작가분께 깊은 감사의 말씀을 전한다. 시소설 코너의 운영을 최초로 제안하셨던

홍일표 주간 및 필자 선정과 청탁에 힘써 주신 편집위원, 계간 《모:든시》의 관계자분들에게도 이 자리를 빌려 감사의 말씀을 전한다. 글자가 사라진 앞표지처럼 장난스러운 공룡의 비어있는 말풍선을 어떻게 채울 것인가, 재미난 고민의 시작에 작가와 독자의 많은 동참을 기대한다.

기혁 시인·리메로북스 노조위원장

티라노 두 번 독서
뜻밖의 의지

1판 1쇄 펴낸날 2022년 9월 21일

지은이 이장욱 구병모 김선재 김수온 여성민 임현 정지돈
펴낸이 김봉재
편집 김진
디자인 기혁
펴낸곳 도서출판 리메로

등록번호 제395-2018-000113
주소 경기도 고양시 덕양구 동송로 30, 101동 1002호
(동산동, 삼송 더샵 미디어시티)
전화번호 070-8866-4915
전자우편 limerobooks@gmail.com
인스타그램 https://www.instagram.com/limerobooks

ISBN 979-11-978781-2-1 04810
ISBN 979-11-978781-0-7 (세트)